Christoph-Maria Liegener

Schicksal eines Aufreißers

Verlag und Druck:
tredition GmbH
Halenreie 42, 22359 Hamburg
Cover-Bild: Shutterstock

ISBN:

978-3-7469-8598-5 (Paperback)
978-3-7469-8599-2 (Hardcover)
978-3-7469-8600-5 (e-Book)

Inhalt

Vorwort

Vorsicht: Dies ist keine Gebrauchsanweisung zum Aufreißen von Mädchen. Obwohl einige der beschriebenen Tricks durchaus funktionieren dürften, ist das nicht der eigentliche Zweck des Textes. Vielmehr handelt es sich um einen satirischen Roman, geschrieben mit einem Augenzwinkern und auch mit einer nachdenklichen Note.

Christoph-Maria Liegener

Ein Aufreißer

„Hallo! Du hast da was verloren!"

Luka stürzte der attraktiven Blondine hinterher. Die drehte sich überrascht um und fragte: „Was denn?"

„Hier, diesen 50-Euro-Schein", keuchte der Junge und wedelte mit der Banknote herum.

„Danke, aber das kann nicht sein. Ich trage kein Geld lose bei mir", antwortete die Blondine lächelnd.

„Natürlich nicht", lachte Luka. „Wozu solltest du auch? Ein hübsches Mädchen wie du wird sicher überall eingeladen."

Das Mädchen kicherte: „Schön wär's!"

„Sollte aber so sein. Du musst es nur zulassen. Ich zum Beispiel würde dich sofort einladen. Darf ich?"

„Wohin denn?", kam die amüsierte Rückfrage, auf die Luka gehofft hatte.

„Wie wär's mit einem Konzert", schlug Luka vor. „Die Gluppies sind gerade in der Stadt. Wollen wir hingehen?"

Die Gluppies waren eine gerade mega-angesagte Band. Ursprünglich hatten sie sich als Boygroup einen Namen gemacht, aber inzwischen hatten sie auch zwei Girls aufgenommen.

„Da hätte ich schon Lust. Ruf mich an!"

Und damit gab sie ihm ihre Handy-nummer und gab „Betty" als Teilnehmerin an.

Luka stellte sich ebenfalls vor und gab ihr auch seine Nummer.

Das war leichter als gedacht.

Er rief Betty ein paar Mal an und dann gingen die beiden tatsächlich in das Konzert. Einige Freunde von Luka mit ihren Freundinnen waren auch dabei, alle paarweise, – und Luka ging eben mit Betty. Perfekt.

Nach dem Konzert suchten sie noch gemeinsam den Backstage-Bereich auf. Luka kannte Johnny, den Lead-Sänger der Band. Irgendein Mädchen hatte ihn mal zu einer von Luka's Partys angeschleppt. Luka und Johnny hatten sich damals auf Anhieb verstanden. Beide hatten Charisma und beide jagten die Mädchen.

Johnny machte die Gruppe mit Tina und Lucy bekannt, den beiden Sängerinnen der Band. Die beiden waren blutjung, überhaupt nicht eingebildet und ganz spontan. Luka und die Mädchen waren sich sofort sympathisch. Luka lud alle zu seiner nächsten Party ein.

Es wurde ein super Abend.

Als es daran ging, sich zu verabschieden, meinte Luka zu Betty:

„Der Sound bei so einem Konzert ist einfach geil, aber ich krieg's zu Hause mit meiner Anlage fast genauso gut hin."

Betty musterte ihn ungläubig und gluckste:

„Ja, ja, wer's glaubt …"

Darauf hatte Luka nur gewartet und erwiderte:

„Doch, wirklich! Soll ich's dir beweisen?"

„Das will ich sehen – vielmehr hören."

Und so fuhren sie zu ihm nach Hause.

Die Anlage hatte er in seinem Schlafzimmer aufgebaut, und es blieb ihnen nichts anderes übrig, als es sich auf seinem Bett bequem zu machen. Das Bett war breit und hart gepolstert.

Während der volle Sound der Subwoofer dröhnte, kamen sie sich näher. Luka hatte die Musik so programmiert, dass nach einer Weile romantische Stücke folgten. Es gipfelte in „Je t'aime, … moi non plus" von Jane Birkin und Serge Gainsbourg. Der Titel lautet bekanntlich auf Deutsch „Ich liebe dich, … ich dich auch nicht". Luka versuchte, Betty den unlogischen Text zu erklären – und scheiterte.

Beide mussten lachen. Dann strich er Betty behutsam das blonde Haar aus der Stirn und gab ihr vorsichtig einen Kuss auf den Mund. Sie ließ sich darauf ein und bald waren sie mit vollem Körpereinsatz zu Gange und stürzten sich ins Liebesspiel.

Luka stimulierte Bettys G-Punkt und zeigte ihr Dinge, von denen sie noch nie gehört hatte – die ihr aber sehr gefielen. Er brachte sie mehrfach zum Höhepunkt, bevor er selbst, als sie beide schon fast am Ende ihrer Kräfte waren, auch zum Abschluss kam.

Schließlich schliefen sie ein.

Am nächsten Morgen brachte Luka Betty nach Hause und verabschiedete sich mit den Worten:

„Tschüss, Betty. Es war fantastisch mit dir. Ich ruf dich an."

Wenn auch manche dies als Floskel für den Abschied nach einem One-Night-Stand ansehen mögen – Luka meinte solche Aussagen durchaus ernst und rief sie tatsächlich gleich am Nachmittag an, um sich mit ihr zu verabreden. Für eine Weile wurden sie ein Liebespaar.

Wie lange muss so eine Liaison dauern, damit das Mädchen sich nicht ausgenutzt fühlt? Es gibt keine Regel. Luka hatte jedoch ein sicheres Gespür dafür.

Bei ihm ließ die Verliebtheit irgendwann wieder nach. Er hatte das Bedürfnis weiterzuziehen, wohl auch eine Art Bindungsangst, und Betty spürte, dass sie ihn nicht würde halten können. Sie nahm die Sache so, wie sie war: eine schöne Episode. Beide wussten Bescheid und blieben gute Freunde, kamen sogar sporadisch wieder sexuell zusammen – einfach, weil es ihnen Spaß machte. Eine dauerhafte feste Beziehung wurde nie daraus.

Luka war einfach nicht monogam.

Der Junge konnte wohl als Aufreißer bezeichnet werden. Zehn Mädchen seiner Schule hatte er angeblich schon „klargemacht", wie er sich euphemistisch ausdrückte. Es waren nicht die hässlichsten.

Und keiner weiß, was er noch alles erreicht hatte, ohne davon zu erzählen.

Seine sexuellen Aktivitäten beschränkten sich nicht nur auf die Schule. Er baggerte einfach überall Mädchen an. Manchmal ging es ihm gar nicht um irgendeinen Erfolg dabei, sondern er wollte nur vor den anderen Jungs angeben.

Das war so seine Art. Er trumpfte oft auf, wenn auch nicht immer absichtlich. In vielen Fällen erregte er einfach nebenbei die Bewunderung der anderen, nicht nur mit dem, was er tat, sondern auch mit all den Dingen, die ihm seine reichen Eltern kauften. Sie kauften ihm alles, was man für Geld kaufen kann: Designerklamotten, ein Auto, ein Reitpferd, einen Swimmingpool … Nur Liebe schenkten sie ihm kaum, die musste er sich selbst suchen. Seine Eltern waren fast nie da, jetteten in der Welt herum, hatten nie Zeit für ihn. Seine Erziehung hatten angestellte Fachkräfte übernommen – bis er in die Pubertät kam. Dann hatte er den jungen Erzieherinnen nachgestellt. Er hatte damit zwar keinen Erfolg, aber so konnte es nicht weitergehen. Er wurde sich selbst überlassen. Vormittags war er in der Schule, nachmittags hatte er das ganze Haus für sich und lud sich seine Schulfreunde ein.

Materiell mangelte es ihm an nichts. Seine Eltern hatten ihm bisher jeden Wunsch erfüllt. Aber nicht nur materiell hatten sie ihm viel mitgegeben, auch genetisch: Er sah blendend aus, war eine Sportskanone, vielseitig begabt und überdurchschnittlich intelligent.

Er erhielt über die Schule hinaus jegliche denkbare Ausbildung. Er wurde in allem unterrichtet, was man sich wünschen kann, erwarb Führerscheine (für Autos, Motorräder und Sportboote), nahm Tennis-, Surf- und Klavierunterricht, zeitweilig sogar privaten Kampfsportunterricht.

Den meisten Spaß hatte ihm der Klavierunterricht gebracht, aber anders als gedacht. Seine Eltern hatten eine Privatlehrerin für ihn engagiert. Sie hatten wirklich gut gewählt: eine attraktive junge Dame. Sie war tatsächlich noch sehr jung, zumindest dafür, dass sie schon unterrichtete.

Eigentlich konnte sie kaum ein paar Jahre älter sein als Luka selbst. Luka war begeistert. Sie gefiel ihm sehr. Er ihr wohl auch. Sie hieß Julia.

Der Klavierunterricht knisterte vor erotischer Spannung. So kam es zu diesem denkwürdigen Tag im Juli, als es richtig heiß war und sie leichtbekleidet nebeneinander am Flügel saßen. Julia lächelte ihn fröhlich an, ermahnte ihn, seine Handhaltung zu verbessern und half ihm mit ihrer Hand zu einer richtigen Position. Dabei ließ sie ihre Hand eine Kleinigkeit länger auf der Seinen ruhen, als notwendig gewesen wäre. Und hatte sie dabei nicht seine Hand ein wenig gestreichelt? Luka konnte es nicht sagen. Julia ließ ihre Hand langsam von seinem Handrücken gleiten, wobei sie ihm tief in die Augen sah. Dann erhob sie sich in Zeitlupe von ihrem Klavierhocker und zog sich, den Blickkontakt haltend, ein wenig zurück. Schließlich wandte sie sich ab und ging zur Tür. Dort drehte sie sich noch einmal nach ihm um, lächelte ihn an – und ging.

Luka war für einen Augenblick wie gebannt. Dann kam er zu sich und wusste, was zu tun war. Unternehmungslustig stand er auf, um Julia zu folgen. Er fand sie im Schlafzimmer. Sie hatte sich ihrer Kleidung entledigt und lag einladend auf dem Bett. So schnell er konnte, entkleidete sich auch Luka und sprang zu ihr auf die Matratze. Sie umarmten sich und wälzten sich engumschlungen auf den Laken herum.

Irgendwann fanden sie sich in der Reiterstellung wieder und kosteten diese aus. Nach einigen Experimenten – Luka hatte das Kamasutra gelesen – endeten sie schließlich in der guten alten Missionarsstellung.

Dieses Erlebnis war Luka praktisch geschenkt worden. Er hatte eigentlich nichts dafür tun müssen. Aber die Vorarbeit zählte. So war es öfter: Er baute langsam eine erotische Atmosphäre auf – eine scherzhafte Bemerkung hier, eine leichte, fast zufällige Berührung da – und irgendwann brauchte er nur noch die Früchte zu ernten.

Es schien, als ob ihm alle erotischen Erfolge nur so zuflogen, und doch ergab es sich ganz natürlich aus seinen Bemühungen um die Mädchen und Frauen.

Wie es nun einmal ist, können viele oberflächliche Kontakte das Bedürfnis nach menschlicher Nähe nicht wirklich befriedigen. Luka hatte dieses Bedürfnis, ohne sich dessen bewusst zu sein. Statt seine Kontakte zu vertiefen, was der richtige Weg gewesen wäre, suchte er immer nach einem zahlenmäßigen Mehr. Mehr Mädchen, mehr Freunde, mehr Bewunderer. Es handelte sich um das alte Problem, dass man mangelnde Qualität nicht durch Quantität ersetzen kann. Es verhält sich fast wie bei einer Sucht.

Wie bei einer Sucht wird eine Ziellosigkeit des Lebens durch Ersatzbefriedigungen überdeckt. Eigentlich schade: Luka hätte in seinem Alter von Idealen schwärmen können, die Welt hätte ihm offen gestanden. Andere junge Menschen träumten davon, die Welt zu verändern – und er wollte sie nur genießen! Erfüllung würde das nicht bringen – stattdessen lief er einem Phantom hinterher. Er genoss die Gesellschaft anderer Menschen nicht nur, er brauchte sie geradezu.

Luka hatte das Verlangen, das riesige leerstehende Haus zu füllen, lud seine Eroberungen und seine vielen Freunde zu sich ein. Sie chillten gemeinsam mit den Chicks und tauschten auch schon mal die Girls untereinander aus. Dauernd kamen neue Leute hinzu, angelockt vom Glamour seiner Partys. Diese Events waren einfach angesagt.

Gern setzte Luka seine Freunde immer wieder gern mit seiner Fähigkeit in Erstaunen, wildfremde Mädchen auf der Straße aufreißen zu können. Eine von Luka's leichtesten Übungen bestand darin, Mädchen einfach nur so anzusprechen, nach dem Motto:

„Hallo, ich bin Luka. Und wie heißt du?"

Acht von zehn Mädchen antworteten darauf mit einem Lächeln und fünf von zehn nannten sogar ihren Namen.

Es musste auch nicht auf der Straße sein. Ganz einfach war es beim Einkaufen im Supermarkt. Wenn ein hübsches Mädchen ihren Einkaufswagen einen Augenblick stehenließ, stellte er seinen daneben und legte irgendeinen Artikel aus seinem in ihren Wagen. Wenn dann das Mädchen den Wagen weiterschieben wollte, rief er:

„Hallo, Augenblick mal, das ist doch mein Wagen! Sieh mal: Hier sind meine Kekse."

Das Missverständnis klärte sich schnell, aber der Kontakt war erst einmal hergestellt und der Rest eine Kleinigkeit für Luka. Er ging dann einfach auf ihre Einkäufe ein, sagte, dass er dies und jenes nie kaufen würde und sich immer gefragt hätte, wer so etwas überhaupt kaufen würde. Na, jetzt wisse er es ja. Und sie lachten gemeinsam.

Beinahe eine Garantie aufs Funktionieren gab es bei der Retter-Masche, die er auch einmal durchzog: Einer von Luka's Freunden, Boris, „belästigte" ein einzelnes Mädchen, bis Luka hinzukam und sie „rettete". Weder handelte es sich um eine schlimme Belästigung, noch spielten Luka und Boris dem Mädchen eine handgreifliche Auseinandersetzung vor. Es lief alles auf der verbalen Ebene ab. Dennoch, das Mädchen – sie stellte sich Luka als Jessica vor – dankte Luka ausgiebig, worauf dieser sie noch nach Haus begleitete, um sicherzustellen, dass ihr nichts mehr passierte.

Sie bat ihn noch auf einen Kaffee hinein und sie lernten sich besser kennen. Luka musste in Zukunft nur aufpassen, dass das Mädchen dem „Belästiger" nicht in seiner Umgebung begegnete. Da er sich in solchen Dingen keine allzu große Mühe gab, passierte genau das schließlich doch. Jessica stellte ihn zur Rede, woher er denn den Kerl kenne und ob er sich nicht erinnere, was damals geschehen sei. Inzwischen kannte Luka Jessica jedoch schon so gut, dass er ihr das ganze abgekartete Spiel erklären konnte. Er entschuldigte sich im Nachhinein und es endete damit, dass sie gemeinsam mit Boris darüber lachten.

Vor seinen Freunden machte Luka zuweilen regelrecht eine Show aus seinen Fähigkeiten als Aufreißer. Gern spielte er seine Spiele. Einmal stand er mit seinen Freunden vor dem Club, während in der Nähe ein ähnliches Grüppchen von Mädchen stand. Er ging hinüber und sagte zu dem hübschesten Mädchen:

„Entschuldige vielmals, ich habe gerade mit meinen Freunden da drüben gewettet, dass ich dich erfolgreich ansprechen kann. Könntest du bitte so tun, als ob du darauf eingehen würdest? Nur ganz kurz. Übrigens, ich bin Luka."

„Ich bin Laila. Ist ja lustig. Was soll ich machen?"

„Na, wir könnten ein bisschen Komödie spielen. Wie wäre es mit einem Bussi für den Anfang!"

„Wenn's weiter nichts ist!", rief sie und schon hatte sie Luka einen dicken Kuss auf die Wange gedrückt.

Luka nutzte die Gelegenheit, nahm sie fest in den Arm, strich ihr die Haare aus der Stirn und sah ihr tief in die Augen, um sich zu vergewissern, dass ihr die Sache wirklich recht war. Sie machte mit und fasste auch ihm in die Haare. Dann konnte es also losgehen. Luka küsste sie sanft auf den Mund und spielte mit ihren Lippen, bis sie beide ihre Münder öffneten und sich mit Zunge küssten.

Inzwischen waren auch Luka's Freunde hinzugetreten. Alle alberten herum und machten sich ganz ungezwungen miteinander bekannt. Luka's Freundeskreis war wieder weiter angewachsen.

Mit Laila traf sich Luka am nächsten Abend wieder. Er hatte sich etwas ausgedacht. Dazu hatte er einen Freund, der Kranführer war, gebeten, ihm Zugang zur Führerkabine eines wirklich hohen Turmkrans zu verschaffen.

Beim Rendezvous am Abend war keiner mehr auf der Baustelle. Luka und Laila kletterten den Kran hoch und machten es sich oben in der Kabine gemütlich. Sie hatten sich eine gute Flasche Wein mitgebracht und tranken ihn, während sie den grandiosen Blick über die Stadt genossen. Sie waren völlig ungestört und kamen sich körperlich näher. Dass es eng war, störte sie dabei nicht. Im Gegenteil, es machte die Sache nur interessanter.

Luka's Freunde hatten bei seiner Aktion vor dem Club auch profitiert, angenehme Bekanntschaften gemacht und feierten ihn dafür.

Natürlich gab es endlose Variationen des Spiels.

So etwa, wenn er mit ein paar Freunden im Sommer mit dem Cabrio vom Reiten nach Haus fuhr, auf dem Weg neben einem jungen Mädchen hielt, mit seiner Reitgerte deren Rock anhob (wenn sie einen trug) und mit breitem Grinsen fragte: „Beischlaf gefällig?"

Natürlich erwartete er nicht ernsthaft eine Antwort. Die eine oder andere der Angesprochenen reagierte zwar empört, aber keine rief die Polizei. Im Gegenteil, manche Mädchen kicherten mit ihren Freundinnen drauflos, machten ihrerseits Witze und in einigen Fällen stiegen die Mädchen mit in den Wagen, um gemeinsam mit den Jungs in den Club zu fahren.

Es gab auch schlagfertige Antworten auf seine Anzüglichkeit. Eine – sie hieß Alina – meinte nur: „Jedenfalls nicht mit dir."

Darauf Luka: „Kein Problem. Wir haben hier eine reiche Auswahl", und er machte eine einladende Handbewegung in Richtung seiner Freunde.

„Na, dann zeigt mal, was ihr habt", konterte Alina.

Die meisten Jungs hätten jetzt gekniffen. Nicht so Luka. Er stieg auf den Sitz des Wagens und packte sein bestes Stück aus. Die anderen taten es ihm nach.

„Jetzt zeig uns du aber auch deine Titties", forderte Luka. „Ist das überhaupt alles echt, was du da unter deinem T-Shirt hast?"

Wortlos hob Alina für einen Augenblick ihr T-Shirt. Die Möpse ploppten heraus und ließen keinen Zweifel an ihrer Echtheit. Dann waren sie auch schon wieder bedeckt.

Luka bat: „Darf ich sie mal anfassen? Dann darfst du auch meinen anfassen."

„Fass dich selbst an!", bügelte Alina ihn ab. Luka, der noch immer mit heruntergelassenen Hosen dastand, fragte lachend:

„Bist du sicher, dass du das wirklich sehen willst?"

Darauf wusste Alina keine Antwort mehr. Sie machte einen Schmollmund und wandte sich zum Gehen.

„Nun warte doch mal!", bremste sie Luka. „War doch nur Spaß. Wollt ihr nicht mit uns ins Kino gehen?"

„In den neuen Film mit Double-X?" Alina drehte den Kopf und blieb stehen.

„Klar", meinte Luka und schon ging alles seinen Gang.

So etwas gehörte schon eher in den Bereich gemeinsamer Jungenstreiche, nicht gerade vorbildlich, aber auch nicht weiter schlimm. Es machte einfach Spaß.

Allerdings: Unkorrekt war es schon. Ähnlich unkorrekt verhielten sie sich zum Beispiel, wenn sie gemeinsam ins Kino gingen, um den anderen Zuschauern Streiche zu spielen. Manchmal machten sie sich den Spaß, in einen Film zu gehen, den sie schon kannten. Was für ein Vergnügen bereitete es ihnen, dann an den entscheidenden Stellen laut zu spoilern! Einmal wären sie bei so einer Gelegenheit um ein Haar verprügelt worden, aber sie hatten sich bei ein paar Bierchen mit den anderen Kerlen vertragen. Auch bei solchen Streichen lernten sie immer wieder Mädchen kennen. Die beschwerten sich zuerst; einmal bekamen sie zum Beispiel zu hören:

„Ihr dürft doch nicht alles vorher verraten. Dann macht es doch gar keinen Spaß mehr."

Luka antwortete dem Mädchen:

„Wir wollten nur nicht, dass ihr euch erschreckt. Gleich wird's richtig gruselig. Ich glaube, es ist besser, wenn ich dich in den Arm nehme."

Damit war das Mädchen zwar nicht ein-verstanden, aber von seinem Popcorn, das er ihr als Entschädigung anbot, nahm sie schon etwas und nach der Vorstellung ging man gemeinsam essen.

Luka probierte alles Mögliche aus. Ein-mal borgte er sich von seinem Freund Toby dessen Dackel Waldi aus. Dieser Hund hat-te ganz spezielle Eigenschaften: Es war ein Flirt-Hund. Ob er seine Eigenschaften von Natur aus hatte oder ob sie ihm anerzogen worden waren, wusste keiner. Nicht nur reagierte er ausgesprochen zutraulich, wenn er jemandem zugeführt wurde, in dem Fall also Luka gegenüber, sondern er verhielt sich auch anderen Hunden gegen-über überaus kontaktfreudig.

Luka ging mit ihm nachmittags in den Park. Viele Leute führten zu der Zeit ihre Hunde Gassi. Luka musste Waldi eng an der Leine halten, damit er nicht zu den an-deren Hunden hinlief. Dann sah er, worauf er gewartet hatte: eine umwerfende Brünet-te mit einem Collie. Er legte er seinen Weg so, dass er in ihre Nähe kam und machte dann Waldi los. Sofort stürmte der Dackel zu dem Collie und spielte mit ihm herum. Das Mädchen sah etwas hilflos drein. Luka ging zu ihr hin und fragte mit der unschuldigsten Miene der Welt:

„Stört dich mein Hund? Er ist etwas aufdringlich, aber er meint es nur gut."

Das Mädchen lächelte ihn an:

„Nein, nein. Ist nicht so schlimm. Es scheint den beiden ja Spaß zu machen."

Und sie plauderten über ihre Hunde.

Am Schluss fragte Luka sie, wann sie das nächste Mal mit ihrem Hund hier sei, und erfuhr, dass sie jeden Tag um die Zeit hier anzutreffen sein.

So kam es, dass sie sich jeden Tag im Park trafen, bis Luka sie irgendwann zu einer seiner Partys einlud.

Sie kam und Luka stellte sie seinen Freunden vor. Von nun an gehörte sie zu seinen Freundinnen. Nicht immer ging es Luka in erster Linie darum, Sex mit einem Mädchen zu haben. In diesem Fall ließ er sich Zeit. Das Ganze sollte nicht wie ein durchsichtiges Manöver aussehen.

Seine Geduld sollte sich auszahlen, aber er hängte es nicht an die große Glocke.

Am erfolgreichsten war Luka auf Partys. Hier trafen Unmengen von Menschen aufeinander, die sich teilweise gar nicht kannten und doch annahmen, zum selben Freundeskreis zu gehören. Man kam sofort ins Gespräch und vertraute sich in einem gewissen Maß. Luka befand sich dort in seinem Element. Wenn es sich ergab, zog er sich mit zwei Mädchen in eine Ecke zurück und verschwand später mit ihnen. Zwei Mädchen einerseits deshalb, weil sich die beiden dann sicherer fühlten, andererseits deshalb, weil er auf Dreier stand.

Natürlich blieb seine Taktik nicht unbeobachtet und er wurde beim ersten Mal am nächsten Tag von seinen Freunden gefragt, ob er sie denn nun beide gleichzeitig gehabt hätte.

Luka antwortete ausweichend: „Ein Gentleman genießt und schweigt". Jedoch bekam er das Grinsen nicht mehr aus dem Gesicht.

Die beste Jahreszeit

Welches ist die beste Jahreszeit, um Mädchen aufzureißen? Luka hätte geantwortet: Jede Jahreszeit ist gleich gut – es geht immer.

Und so war es. Im Frühjahr fuhr Luka gern mit seinen Eltern ans Mittelmeer. Sie mieteten sich eine Yacht und schipperten aufs Meer hinaus. Manchmal brachte er eine Freundin aus Deutschland mit, manchmal freundete er sich vor Ort mit einer oder mehreren Südländerinnen an – oder mit Touristinnen.

Die Mädchen fuhren gern mit ihm hinaus und konnten ihm manchmal wertvolle Tipps geben. So erfuhr Luka von ein paar Stellen, wo sich zutrauliche Delfine tummelten. Es gab kaum etwas Schöneres, als mit den Tieren gemeinsam zu schwimmen und zu spielen. Auch beim Kitesurfing schwammen die freundlichen Tiere gern nebenher.

Im Sommer blieb er gern zu Haus. Das große Haus war klimatisiert und hatte einen weitläufigen Garten. Er lud dann regelmäßig zu Poolpartys ein, bei denen es heiß herging. Nicht dass es zu Intimitäten am Pool gekommen wäre, aber manche Mädchen liefen immerhin schon oben ohne herum. Und bei den Spritz- und Tauchspielen kamen sich Jungs und Mädchen näher. Wenn ein Mädchen arglos zu dicht am Rand des Pools saß oder stand, schwamm Luka unter Wasser hin, tauchte neben ihr auf und zog sie ins Wasser. Dann drückte er sie ein paar Mal unter Wasser, natürlich nur ein bisschen – gefährlich wurde es nie. Sie versuchten im Gegenzug, ihn hinunterzudrücken, bis es zu einer hemmungslosen Alberei kam.

Die Musik dröhnte, die Sonne schien, alle waren gut drauf. Wer durfte und wollte, sprach dem Alkohol zu. Allerdings gab es kein Komasaufen und keine Drogen – da zeigte Luka klare Kante.

Natürlich ging er auch oft aus, um sich mit seinen Freunden zu treffen. Manchmal verschlug es ihn auch auf einen Streifzug durch die Innenstadt. Im Hochsommer liefen die Girls fast unbekleidet herum, um Luft an ihre Haut kommen zu lassen. Da zeigten sie viel und das auf verführerische Weise.

Eine, die ihm besonders gefiel, lichtete Luka mit seinem Smartphone ab, wobei er sich nicht die geringste Mühe gab, seine Aktion zu verheimlichen. Das Mädchen war zunächst verblüfft, dann geschmeichelt, dann amüsiert.

„Hast du mich da gerade fotografiert?", fragte sie Luka mit gespielter Empörung, die eigentlich nur ihre Neugier verbergen sollte.

„Ja, schon, aber der Anblick war einfach zu schön, um ihn nicht festzuhalten", gab Luka zurück.

„Bist du etwa ein professioneller Fotograf", wollte Miss Sunshine wissen.

Es wäre ein Leichtes für Luka gewesen, jetzt zu flunkern und irgendetwas von einem Modemagazin zu erfinden, für das er arbeitete, aber er wollte sich nicht in ein Lügennetz verstricken. Ein bisschen länger als ein paar Minuten sollte die Bekanntschaft schon dauern.

„Nein, ich bin nur ein ganz normaler Junge mit einem Auge für Schönheit. Mein Name ist Luka. Und wie heißt du?"

„Ich bin Sylvia."

Sylvia ging auch noch zur Schule – aber eine andere als Luka. Sie erzählten beide aus ihrem Leben und gingen dann einen Kaffee trinken. Es wurde ein netter Sommerflirt.

Zum Joggen eignete sich der Herbst am besten. Es war nicht zu warm und nicht zu kalt. Die Natur leuchtete bunt wie gemalt. Am liebsten joggte er mit einem Mädchen durch den farbigen Wald. Der weiche Boden federte unter den Schritten, die Luft roch nach Harz und Humus, Licht und Geräusche waren gedämpft. Man fühlte sich wie in einer anderen – friedlicheren – Welt.

Sich dafür mit einem Mädchen zu verabreden, war für ihn kein Kunststück. Er nahm ein sensibles Mädchen auf dem Schulflur beiseite und fragte sie, ob er ihr ein selbstgeschriebenes Herbstgedicht vortragen und sie dann nach ihrer Meinung darüber befragen dürfe. Noch nie hatte eine abgelehnt. Das Gespräch kam dann auf den Zauber des Herbstes und Luka schlug vor, ihn gemeinsam zu genießen. Et Voila!

Um Sex ging es ihm dabei nicht. Er genoss tatsächlich die Natur, was zu zweit doch so viel angenehmer war. Wenn die beiden Jogger dann an einer besonders schönen Stelle im Wald eine Pause machten, konnte natürlich schon mal eine romantische Stimmung aufkommen. Vielleicht konnte es dann sogar auch ein Küsschen geben, aber mehr nicht.

Im Winter hielt man sich drinnen auf. Luka veranstaltete dann Kaminpartys mit Strippoker. Auch hier konnte man sich in eines der vielen Schlafzimmer zurückziehen.

So ließ sich der Winter aushalten – wenn Luka überhaupt im Winter zu Hause war, was sich selten ergab. Entweder fuhr er zum Skifahren nach Sankt Moritz oder zum Surfen nach Hawaii.

In Sankt Moritz begegnete er Agnes auf der Piste. Das kam so: Er sah, wie sie gerade losfuhr. Schon war er in sie verliebt. Schnell fuhr er hinterher und hatte sie bald eingeholt. Kurz vor der Hütte kreuzte er mit einem Tiefschwung plötzlich ihren Weg und inszenierte einen Sturz. Agnes kam gerade noch zum Stehen, bevor sie auf ihn aufgefahren wäre. Sie fragte ihn besorgt, ob alles in Ordnung sei und ob sie ihm helfen können. Natürlich war in Wirklichkeit alles in Ordnung, weil Luka sich ja mit Absicht hatte fallenlassen, aber er jammerte ein bisschen und behauptete, dass ihm der Knöchel wehtue. Ob sie nicht schon mal zur Hütte vorfahren könne und einen Kaffee Lutz für ihn bestellen könne? Er käme dann hinterhergehumpelt. So wurde es gemacht und bald hatte Luka nicht nur seinen Kaffee Lutz getrunken, sondern auch alles Wichtige über das Skihäschen erfahren.

Ähnlich machte er es beim Surfen. An allen Locations hatte er bald die schönsten Mädchen kennengelernt.

Wie konnte Luka nur so erfolgreich bei den Mädchen sein? Das Wichtigste war: Er ging voll auf die Mädchen ein. Er behandelte jede einzelne so, als sei sie die Erste und Einzige. Und so empfand er es auch in dem Augenblick. Jedes Mädchen war doch anders, neu und aufregend. Er wollte sie erforschen – mit allen Sinnen. Die Mädchen spürten sein echtes Interesse und kamen ihm entgegen.

Hinzu kam, dass er gute Stimmung mitbrachte, es verstand, eine kleine Gruppe von Vergnügen zu Vergnügen zu führen.

Das Entscheidende aber war natürlich: Er sah einfach blendend aus, war sportlich, freundlich, offen, lausbübisch und strahlte Reichtum, Erfolg und eine sonnige Laune

aus. So verzauberte er sein Gegenüber regelrecht.

Er war der beliebteste Junge seiner Klas-
se, wurde beim Zusammenstellen der Fuß-
ballmannschaften immer als erster gewählt,
wenn er nicht gerade selbst als einer der
Wählenden fungierte. Die Mannschaft, in
der er mitspielte, gewann fast immer. Er
bekam von allen die Bälle zugespielt und
machte etwas daraus. Er war ein begnade-
ter Spieler – zugleich aber auch ein
Teamplayer. Immer hatte er ein Auge für
Mitspieler in einer günstigen Position und
spielte sie an. Die Mannschaft kam für ihn
an erster Stelle. Er führte die Mannschaft
mit einer natürlichen Autorität, um die er
nicht kämpfen musste. Er war so, wie sie
alle gern gewesen wären.

Felix und Willi

Luka hatte einen jüngeren Bruder, Felix, der gerade in die Pubertät kam. Felix schloss sich oft an, wenn Luka mit seinen Freunden zusammen war, und Luka hatte nichts dagegen.

Natürlich verstand Felix nicht alles, worüber sich die Älteren unterhielten. Einmal erzählten einige von einem Besuch im Bordell und Felix fragte, was das sei.

„Ein Bordell ist ein Freudenhaus. Da kann man sich Freude kaufen. Das nächste ist Hauptstraße Ecke Friedrichstraße", antworteten sie ihm.

Felix, neugierig geworden, leerte seine Sparbüchse und ging am nächsten Tag zur erwähnten Adresse. Er klingelte und sagte, als die Chefin ihm öffnete:

„Ich hätte gern für fünfzig Euro Freude."

Die Chefin sah sich den Steppke an, überlegte einen Augenblick und führte ihn dann in die Küche, ließ ihn sich an den Tisch setzen und servierte ihm drei knackige Bockwürste mit Senf und Brötchen.

„Da, bitte, hab' Freude dran. Guten Appetit", meinte sie mit einem Lächeln und ließ den Jungen essen. Er aß zwei Würste, dann war er satt. Die dritte Wurst ließ er liegen. Die Chefin brachte ihn zur Tür und verabschiedete ihn.

Am nächsten Tag posaunte Felix in die Runde:

„Ich war gestern auch im Freudenhaus."

„Und … Wie war's?", fragten die anderen entgeistert.

„Gut", erwiderte Felix. „Hätte ich gar nicht erwartet. Mann, die waren echt knackig. Zwei hab' ich geschafft, die dritte hab' ich liegengelassen."

Fortan wurde er von der Gruppe mit anderen Augen gesehen.

Luka sagte nichts dazu. Er selbst ging nicht ins Bordell. Er hatte es nicht nötig, für Sex zu bezahlen. Außerdem respektierte er Frauen zu sehr für so etwas. Zwar hatte er gern unverbindlichen Sex mit Frauen, aber er empfand sie immer als vollwertige Partnerinnen, die genauso viel Spaß an der Sache haben sollten wie er selbst. Etwas so Natürliches wie Sex zur Ware zu machen, missfiel ihm, wobei er nicht die Frauen verantwortlich machte, sondern die, die sie dazu trieben. Letztlich war doch der männliche Sexualtrieb schuld an dem Missstand.

Ein Übermaß an Testosteron verspürte zwar auch er nicht gerade selten, aber das war ihm nur Ansporn, sich ins Zeug zu legen. Den Spaß einfach zu kaufen, widersprach seiner Meinung nach dem Grundgedanken eines jeden Flirts. Wie geschmacklos! Was für ein schaler Genuss! Da geht ja die Hälfte des Spaßes verloren! Wie es schon im Film „Jurassic Park" heißt: „Der T-Rex will nicht gefüttert werden; er will jagen."

Und tatsächlich zelebrierte Luka die „Jagd" und entwickelte sich zum Experten darin. Die Mädchen genossen seine Zuneigung immer wieder. Es funktionierte wie von selbst. Er spürte auf den ersten Blick, ob ein Mädchen Interesse hatte. Dann benahm er sich auf natürliche Weise selbstsicher, schenkte dem Mädchen seine volle Aufmerksamkeit, machte ihr Komplimente und sah ihr schelmisch in die Augen. Das wirkte. Nie redete er um den heißen Brei herum, kam gleich zur Sache. Den meisten Mädchen war's recht. Fast jede wäre gern seine feste Freundin gewesen.

Aber so lief das nicht bei ihm. Er wollte sich nicht festlegen. Ein bisschen Spaß haben, ja, aber nicht mehr.

Er fühlte da ähnlich wie Casanova, der in seinen Memoiren geschrieben hatte:

„Ich habe die Frauen bis zum Wahnsinn geliebt, aber ich habe ihnen stets meine Freiheit vorgezogen."

Das sah Luka genauso. Er war jederzeit bereit, auf ein amouröses Abenteuer zu verzichten, wenn die Gefahr bestand, dass er sich binden müsste.

Seinen Spaß zu haben, das war alles, was er wollte. Aber nicht nur wollte er Spaß für sich selbst haben; er wollte auch, dass das Mädchen etwas davon hatte. Er wollte alle

Mädchen verwöhnen. Man könnte sagen, dass er auf seine Weise alle Mädchen liebte.

Es ging nicht nur darum, eine Nummer zu schieben und dann weiterzueilen. Er war tatsächlich in der Lage, blitzschnell Gefühle aufzubauen und sie wieder zerplatzen zu lassen.

In der Hinsicht war er ehrlich und schaffte es auf seine Weise, dass die Mädchen ihm hinterher nicht böse waren. Es war unglaublich, aber sie waren genauso stolz, ihn gehabt zu haben, wie er, sie gehabt zu haben.

Normalerweise verlief alles harmonisch.

Seine Sprüche konnten manchmal sogar fast romantisch wirken. So etwa, wenn er im Club ein Mädchen, das er noch nie gesehen hatte, mit den Worten ansprach: „Hallo, da bist du ja! Ich habe schon mein ganzes Leben auf dich gewartet."

Wenn das Mädchen dann – völlig überrumpelt – stammelte: „Aber wieso denn?", antwortete er fröhlich: „Na, weil wir zwei füreinander bestimmt sind. Du bist meine Traumfrau. Fühlst du das nicht auch?"

Das Mädchen errötete daraufhin und Luka beruhigte sie:

„Keine Panik! Setzen wir uns erstmal und gewöhnen uns aneinander."

Das funktionierte. Aber nur, wenn Luka es war, der es machte. Wenn Willi seine Sprüche nachahmte, erntete er nur ein müdes Lächeln. Willi, ein unscheinbares, schmächtiges Kerlchen, durfte sich zu Luka's Freunden zählen. Luka mochte ihn, weil Willi ihn uneingeschränkt bewunderte und keine Gefahr drohte, dass er jemals zur Konkurrenz für ihn werden würde. Willi stellte für ihn so etwas wie einen Sidekick dar, einen Begleiter, der den Helden erst ins rechte Licht rückt.

Willi verhielt sich wie das krasse Gegenteil von Luka: Er traute sich überhaupt nicht an die Mädchen heran. Wenn, dann so ungeschickt, dass er keinen Erfolg haben konnte.

Ab und zu versuchte er es mit einer abgedroschenen Phrase, die ihm aus irgendeinem Grund zu gefallen schien:

„Glaubst du an Liebe auf den ersten Blick, oder soll ich noch einmal vorbeikommen?"

Sein Pech: Die meisten Mädchen kannten den Spruch schon und reagierten überhaupt nicht darauf. Wenn doch, wandten sie einfach nur den Kopf ab oder verdrehten die Augen. Das war immer noch besser, als das, was er auch einmal zu hören bekam:

„Bei dir würde das auch nichts mehr nützen."

Mit hochrotem Kopf ergriff der arme Willi die Flucht.

So konnte es nicht weitergehen!

Luka beschloss, Willi unter die Arme zu greifen. Theoretische Ratschläge halfen da nicht. Praktische Erfahrung schon eher. Luka nahm Willi öfter mal als Wingman auf seine Streifzüge mit. Sie suchten sich zwei zusammengehörige Mädchen aus.

Aber Vorsicht: Einfach nur zwei Freundinnen, keine Lesben. Sie hatten nichts gegen Lesben und zählten auch einige zu ihren besten Freundinnen, aber für das, was sie vorhatten, wären sie nicht geeignet gewesen. Das konnte sogar richtig peinlich werden. Sie hatten bei einer Gelegenheit versehentlich mal zwei Lesben angemacht. Es stand den Mädchen ja nicht auf die Stirn geschrieben, dass sie lesbisch waren, und ihr Verhalten hatte auch keinen eindeutigen Schluss zugelassen. Die Reaktion der beiden war jedoch mehr als eindeutig: Sie wären den Jungs fast ins Gesicht gesprungen. Es blieb Luka nichts anderes übrig, als sich aufrichtig zu entschuldigen. Indes bekam er das so charmant hin, dass man ohne böses Blut auseinanderging.

Wenn Luka und Willi nun also ein passendes nicht-lesbisches Pärchen entdeckt hatten, so beobachteten sie die beiden und verabredeten miteinander, wer von ihnen sich für welches Mädchen interessierte.

Dann sprach Luka sie an und sie gingen zu viert weiter.

Eine solche Situation bahnte sich an, als sie einmal beobachteten, wie zwei Mädchen auf dem Parkplatz des Clubs aus ihrem Wagen ausstiegen, einem nagelneuen roten Toyota. Als die Mädchen drinnen waren, inspizierten sie den Wagen, ob auch nicht die kleinste Schramme dran war. Sie fanden nichts. Der Platz neben dem Wagen der Mädchen war frei und sie stellten ihren Wagen dorthin.

Dann gingen sie hinein und ließen den Eigentümer des roten Toyota ausrufen. Als die beiden Mädchen auftauchten, stellten sie sich artig vor und Luka sagte: „Gehört euch der rote Toyota auf dem Parkplatz? Wir haben ihn beim Einparken leicht touchiert. Es wird nicht viel passiert sein, aber vielleicht solltet ihr selbst noch einmal nachsehen."

Gemeinsam gingen sie zu den Autos und inspizierten sie gründlich. Die Mädchen konnten nichts bemängeln. Luka meinte: „Na, umso besser. Wir wollten nur sichergehen. Auf den Schreck spendieren wir euch einen Drink. Wir wollten zwar bald weg, aber so viel Zeit haben wir schon noch. Die machen einen tollen Daiquiri hier."

Die beiden Mädchen gingen mit ihnen wieder hinein und alle vier unterhielten sich prächtig. Eine der beiden Grazien, die stillere, schien sogar Gefallen an Willi zu finden. Währenddessen lief zwischen Luka und der anderen schon alles wie am Schnürchen.

So kam endlich auch Willi zu einer festen Freundin.

Gern half Luka anderen beim Aufreißen.

Sein Bruder hatte inzwischen selbst Interesse an einem Mädchen an seiner Schule entwickelt. Sie hieß Luisa. Wie viele Jungs seines Alters traute sich Felix nicht, seinen Schwarm anzusprechen. Luka hatte eine Idee. Er schrieb seinem Bruder einen Zettel mit folgendem Text:

„Lieber Felix,

hiermit gebe ich dir die Erlaubnis, Luisa anzusprechen. Ich übernehme die volle Verantwortung.

Lade sie zu Kaffee und Kuchen ein.

Viel Spaß wünscht dir

dein Bruder

Luka"

Am nächsten Nachmittag ging Felix nach der Schule zu Luisa, zeigte ihr den Zettel und fragte, ob es o.k. für sie wäre, mit ihm ins Café gegenüber von der Schule zu gehen.

Luisa musste lachen. Natürlich kannte sie Luka. Alle in der Schule kannten Luka. Aber nun konnte sie auch Felix zuordnen. Sie fand Felix nett und willigte ein, mit ihm ins Café zu gehen.

Sie tranken Kaffee, aßen Kuchen, unterhielten sich gut und verabredeten sich für Samstagabend zum gemeinsamen Kinobesuch. Auch das gefiel beiden und sie trafen sich öfter.

Die beiden wurden ein Paar und Felix bedankte sich bei Luka.

Gefahren

Einfach so ein Mädchen anzuquatschen, konnte auch gefährlich sein. Einmal sah Luka ein hübsches Mädchen allein vor dem Kino stehen. Er konnte nicht anders, als zu ihr hinüberzugehen und sie freundlich anzustrahlen.

„So ein hübsches Mädchen sollte aber nicht so allein hier herumstehen. Wartest du auf jemanden. Vielleicht auf mich? Küss' die Hand", säuselte er, während er ihre Hand ergriff und zum Mund führte.

Das Mädchen war einen Augenblick sprachlos.

„Nein, ich warte hier auf meinen Freund", konnte sie gerade noch antworten – da war es schon zu spät.

Ihr Freund war hinzugetreten, ein riesiger Kerl, der gut den Hulk hätte spielen können. Ansonsten schien er ein Vollpfosten zu sein, dessen sprachliche Fähigkeiten sich nicht hatten entwickeln können. Wortlos holte er aus und schlug zu.

Luka indes sah den Schlag kommen, wich aus und tauchte darunter hindurch. Hinter den Riesen gelangt, sprang er wie ein Terrier dem Kerl in den Nacken, klammerte sich fest und setzte einen Würgegriff an. Er hatte ein genug Kampfsport praktiziert, um zu wissen, wie man das effektiv macht. Er drückte die Halsschlagader seines Gegners ab und der Koloss sank ohnmächtig zu Boden.

„Nichts für ungut, schöne Maid", rief er dem Mädchen zu. „Tut mir leid wegen des Missverständnisses. Viele Grüße noch an deinen Freund. Ich kann leider nicht warten, bis er wieder zu sich kommt."

Damit sah er zu, dass er Land gewann, und ging zu seinen Freunden ins Kino.

Dass ein Mädchen mehr wollte, als er zu geben bereit war, auch das stellte bei Luka's Lebensweise eine gewisse Gefahr dar. Normalerweise wusste er sich in solchen Fällen zu helfen. Da gab es zum Beispiel

Mia, die sich Besitzansprüche einbildete und sich an ihn klammerte. Luka lud sie in eine Eisdiele ein und bat eine andere seiner vielen Freundinnen, Tessi, ihm zu helfen.

Tessi kam also plötzlich dazugestürmt, als sie ihr Eis aßen, und machte Luka eine Szene, nur gespielt, aber sehr glaubhaft. Sie schrie:

„Hab' ich dich erwischt! Was bildest du dir eigentlich ein, hier mit dieser Schlampe rumzuhängen? Du gehörst mir und sonst niemandem. Komm' gefälligst mit!"

Zu Mia gewandt, fügte sie noch hinzu: „Finger weg von meinem Freund!"

Damit zog sie Luka mit sich fort, der den folgsamen Trottel spielte.

Es funktionierte. Mia hielt sich fortan fern von ihm.

Wer jetzt denkt, dass der Fall damit erledigt war, irrt gewaltig.

Mia ging nämlich zu ihren Eltern und beklagte sich. Daraufhin nahm Mias Vater, ein Mann mit zwielichtigen Kontakten, die Sache in die Hand.

Eines Tages wurde Luka auf dem Nachhauseweg von zwei vierschrötigen Gesellen angehalten. Einer trat ihm in den Weg, der andere versperrte ihm den Rückzug, seitwärts war ein großer amerikanischer Wagen herangerollt. Einer der Männer teilte ihm mit, dass Herr Maggiana ihn sofort sprechen wolle. Luka erkannte, dass er sich nicht weigern konnte und stieg in das Auto.

Sie fuhren zum Anwesen der Maggianas und Luka wurde freundlich, aber bestimmt in den Salon geführt. Dort begrüßte ihn Herr Maggiana und stellte sich als Mias Vater vor. Er kam ohne Umschweife zur Sache: Luka habe seiner Tochter den Hof gemacht und sie dann fallengelassen. So etwas tue man nicht. Er als Vater betrachte das als persönliche Beleidigung und eine solche müsse gesühnt werden. Vorher wolle er ihm aber noch die Chance geben, seinen Fehler zu korrigieren und Mia zu heiraten.

Luka schaltete schnell. Er erklärte, dass er die Beziehung eigentlich gar nicht habe beenden wollen, sondern sich anderweitig verliebt habe und das auch nur, weil sein – Luka's – Freund Mario seine Leidenschaft für Mia entdeckt hätte und er dessen Glück nicht habe im Weg stehen wollen.

Das konnte Herr Maggiana akzeptieren und äußerte seine Freude über die befriedigende Lösung der Angelegenheit, nicht ohne darauf hinzuweisen, dass er die Fakten überprüfen lassen werde. Dann ließ er Luka gehen.

Der rief sofort Mario an, von dem er wusste, dass er gerade keine feste Freundin hatte, und bat ihn um Hilfe in der Sache. Er gab ihm Mias Handynummer und flehte ihn an, sie schnell anzurufen, um sich mit ihr zu verabreden.

Gesagt, getan. Mario wurde aktiv und bald waren er und Mia ein glückliches Paar. Noch ein paar Monate später heirateten sie.

Von Herrn Maggiana hörte Luka nie wieder etwas.

Was Luka mit Mia und Tessi abgezogen hatte, war geplant und mit Tessi abgesprochen gewesen. Deswegen hatte es geklappt. Ganz anders sah es aus, wenn die Sache nicht so geplant war.

Da war zum Beispiel die Sache mit Sabine. Luka hatte sie auf der Straße angesprochen, wie er es öfter mit Mädchen machte. Bei ihr bekam er jedoch zu hören:

„Weißt du eigentlich, dass du in Little Rock in Arkansas jetzt ins Gefängnis kommen könntest? Es drohen 30 Tage Haft. Die haben da ein gesetzliches Flirtverbot auf der Straße."

„Ich weiß", entgegnete Luka. „Das steht zwar auf dem Papier, aber ich glaube nicht, dass sie es heute noch umsetzen. Und selbst wenn …! Um dich kennenzulernen, würde ich auch für 30 Tage ins Gefängnis gehen."

Das überzeugte Sabine, dass er es ernst meinen müsse, und sie ließ sich mit ihm ein. Die Sache lief gut. Der Haken war nur, dass Sabine – anders als die vielen Mädchen, die Luka's Ruf kannten – sich völlig unrealistische Hoffnungen machte. Sie glaubte wirklich, seine Zukünftige zu sein,

ein Gefühl, das Luka den Mädchen gern gab. Er passte auch auf, dass das Mädchen nichts von irgendwelchen Konkurrentinnen mitbekam. Wenn er mit einem Mädchen zusammen war, sah er anderen Mädchen nicht hinterher, geschweige denn, dass er den Kopf nach ihnen verdrehte. Vorsicht ist die Mutter der Porzellankiste.

Trotzdem widmete er sich jedem Mädchen nur auf Zeit, seien es Minuten, Tage oder Wochen.

Wenn ein Mädchen jedoch seine zeitweilige Zuneigung missverstand und als ewige Liebe deutete, stellte das eine Gefahr dar, gegen die Luka sich machtlos fühlte. Was er hätte tun können, wozu er sich aber einfach nie aufraffen konnte, wäre gewesen, ihr klar zu sagen:

„Du, hör mal, nur dass du es weißt: Mach dir keine falschen Hoffnungen meinetwegen. Ich suche keine feste Bindung."

Nein, das wäre nun wirklich unromantisch gewesen.

So verhielt es sich auch mit Sabine. Er konnte ihr nicht das Herz brechen und verschob die Klärung dieser Problematik auf irgendwann später.

Indes sollte es viel schneller zur Klimax kommen, als er dachte.

Er ging gerade mit Moni, einer anderen Schönheit, mit der er parallel angebandelt hatte, engumschlungen durch den botanischen Garten, als ihm Sabine entgegenkam. Ein Ausweichen war unmöglich, die peinliche Begegnung unvermeidlich.

Sabine brach, als sie die beiden sah, in Tränen aus und schrie:

„Du Schuft! Ich dachte, du liebst mich!"

Moni erfasste die Situation sofort. Im Gegensatz zu Sabine kannte sie Luka besser und wusste, dass sie nie die Einzige sein würde. Er hatte ihr auch nie etwas vorgemacht und sie fühlte sich ihm über das Sexuelle hinaus freundschaftlich verbunden.

Sie wollte ihn aus der misslichen Lage befreien und sprach Sabine an:

„Hallo, du musst Luka's neue Freundin sein. Er hat mir schon viel von dir erzählt. Ich bin Moni, seine Lieblingscousine."

Sabine war völlig perplex:

„Aber … aber ich dachte … Ihr saht aus wie ein Liebespaar."

Jetzt war es an Luka, etwas zu erklären. Er beruhigte Sabine:

„Na ja, sie ist ja immerhin meine Lieblingscousine. Ich mag sie sehr, so wie ich dich auch sehr mag. Wer sagt denn, dass ein Mann nur eine Frau mögen darf?"

Das war der erste Schritt zur Klärung des Sachverhaltes. Sabine beruhigte sich. allerdings lief erotisch in Zukunft nichts mehr zwischen ihr und Luka. Gute Freunde blieben sie trotzdem.

Die Ballkönigin

Jedes Jahr gab es einen Schulball, bei dem eine Ballkönigin gewählt wurde. Alle Mädchen, die daran interessiert waren, konnten sich zur Wahl stellen. Wie bei jeder Wahl hatte der Erfolg etwas mit der Beliebtheit der Personen zu tun. So auch in diesem Jahr. Madeleine wurde gewählt. Sie war attraktiv und beliebt.

Klar, dass Luka zu ihr hinging und ihr gratulierte:

„Herzlichen Glückwunsch, Madeleine. Ich wusste, dass du gewinnen würdest. Natürlich habe auch ich für dich gestimmt. Dein Kleid harmoniert fantastisch mit deiner Haarfarbe. Kompliment! Ach, sag mal, könntest du nicht nachher auch einen Tanz für mich erübrigen. Ich würde mich wahnsinnig freuen und würde dir auch garantiert nicht auf die Füße treten.“

Madeleine lachte und sagte zu. Etwas später tanzten die beiden miteinander. Luka führte sanft, aber bestimmt, hielt das Mädchen fest im Arm, ohne sie an sich zu pressen. Er nutzte die Räume aus, variierte die Figuren und gab seiner Partnerin das Gefühl, in einer eigenen Welt zu schweben. Madeleine gefiel es.

Am Ende des Tanzes brachte er sie auf ihren Platz zurück und fragte, ob sie Lust hätte, am nächsten Samstag zu seiner Party zu kommen. Ja, sie hatte Lust und sie verabredeten sich.

Bei der Party kam er mit ihr ins Gespräch. Jetzt hatte sie mehr Zeit für ihn und er interessierte sich sehr für sie: Wer war sie und warum kannte er sie bisher noch nicht richtig? War sie aufgrund ihrer äußeren Erscheinung gewählt worden oder aufgrund ihrer sympathischen Ausstrahlung? Sein Urteil: Beides hatte dazu beigetragen. Auch er war von ihr verzaubert.

Sie unterhielten sich angeregt und kamen sich näher. Luka erzählte von einem romantischen kleinen Waldsee, den er auf einem seiner Ausritte entdeckt hatte. Er bot

Madeleine an, ihn ihr auf einer Wanderung zu zeigen. Sie verabredeten sich.

Es wurde ein schöner Ausflug. Das Wetter passte. Sonnig, aber nicht zu warm. Im Schatten der Bäume war es angenehm kühl. Sie suchten sich ein lauschiges Plätzchen auf dem Moos mit Blick aufs Wasser und machten Picknick.

Natürlich hatte Madeleine sich umgehört und sich über Luka informiert. Es hatte ihm nicht geschadet. Merkwürdigerweise hatte er nicht so sehr den Ruf eines Herzensbrechers als den eines netten Kerls. Zu Recht; denn wehgetan hatte er noch keinem Mädchen. Er hatte sie alle wirklich gerngehabt und einfach nur schöne Stunden mit ihnen verbracht.

So war es auch an diesem Tag. Sie fühlten sich beide wohl und fanden nichts dabei, ein paar harmlose Küsse zu tauschen.

Sie verbrachten in den folgenden Wochen viel Zeit miteinander, traten sogar als Paar auf, ohne sich allerdings wirklich aneinander zu binden. Sie kannten sich inzwischen gut genug, um zu wissen, wie sie zu einander standen.

Nach einer Weile war der Zauber des Neuen verflogen. Luka und Madeleine gingen wieder öfter ihrer eigenen Wege, blieben aber Freunde.

Im Spielkasino

Da Luka den Nervenkitzel liebte, zog es ihn eines Tages ins Spielkasino. Er wollte das nur einmal probiert haben. Ein paar Freunde begleiteten ihn, aber spielen musste jeder auf eigenes Risiko. Die meisten, die mitkommen wollten, durften jedoch nicht, weil sie die Altersgrenze noch nicht erreicht hatten. Immerhin, einige waren alt genug und Felix war unter ihnen. Zahlen hatten es Luka schon immer besonders angetan und so suchte er einen Roulette-Tisch auf.

Nicht, Geld zu gewinnen, reizte ihn – Geld hatte er genug. Nein, das Gewinnen selbst versetzte ihn in Hochstimmung, ebenso wie das Verlieren leichten Stromschlägen glich. Dazwischen hin- und hergeworfen zu werden, faszinierte ihn. Anderen ging es genauso und es machte Luka ein diebisches Vergnügen, die wachsende Anspannung und dann ihre Ablösung durch Freude bzw. Ärger auf den Gesichtern seiner Mitspieler zu beobachten.

Er selbst begann ganz einfach, setzte mal auf Rot, mal auf Schwarz, mal auf Manque, mal auf Passe, mal auf Gerade, mal auf Ungerade. Die dualen Setzmöglichkeiten wurden ihm aber bald zu langweilig und er begann, auf einzelne Zahlen zu setzen – zunächst ziemlich wahllos und gelassen.

Es dauerte jedoch nicht lange, bis er ein Schema in den gefallenen Zahlen zu erkennen glaubte. Natürlich wusste er, dass so etwas nicht sein konnte. Zu gründlich werden die Roulette-Kessel regelmäßig überprüft.

Trotzdem versuchte er auf seine innere Stimme zu hören und war auch bereit, einiges dabei zu riskieren.

Es dauerte nicht lange und er spürte einen schier unwiderstehlichen Drang, auf die Zwölf zu setzen. Er hätte selbst nicht sagen können, warum. Vielleicht hatte er nur zu lange auf das Tableau gestarrt. Vielleicht hatte das Muster der in den vorigen Spielen gesetzten Jetons ihm einen scheinbaren Hinweis gegeben. Es war unerklärlich, aber seine Intuition gebot ihm, 500

Euro auf die Zwölf zu setzen und er schickte sich an, es zu tun.

Felix, der es sah, wollte ihn noch zurückhalten, aber Luka scherzte:

„Entweder setze ich auf die Zwölf oder du bekommst eins auf die Zwölf."

Felix lachte und hielt sich zurück. Luka setzte.

Rien ne va plus!

Die Kugel rollte ... die Zwölf kam!

Luka bekam 18000 Euro zu seinen 500 dazu.

Er konnte es nicht fassen. Sollte er übernatürliche Fähigkeiten haben? Das zweite Gesicht? An so etwas glaubte er nicht. Und doch hatte sich das hier ereignet!

Er brauchte einen Moment Ruhe, unterbrach das Spiel, zog sich an die Bar zurück und bestellte einen Fruchtcocktail.

Er hatte kaum daran genippt, als sich eine bildhübsche junge Frau zu ihm gesellte und schelmisch fragte:

„Du bist ja ein richtiger Glückspilz! Was machst du denn jetzt mit dem unerwarteten Geldsegen?"

Es dauerte nur einen winzigen Augenblick, dann schrillten bei Luka die Alarmglocken: Irgendetwas stimmte hier nicht!

Sie war eine echte Frau – da lag nicht das Problem. Ihr Verhalten irritierte ihn. Es war irgendwie ... professionell. Hatte er etwa eine Hetäre vor sich – oder handelte es sich gar um eine Venusfalle? Was sollte er tun? An käuflicher Geselligkeit war er nicht interessiert und übertölpelt werden wollte er erst recht nicht. Unhöflich zu sein, wollte er aber auch vermeiden. Er stieß hervor:

„Oh, da winkt gerade mein Freund. Ich muss hin. Entschuldigung."

Weg war er und ging zu Felix. Dem erzählte er von der Begegnung und zeigte ihm die Frau, wobei er ihn ermahnte, nicht zu auffällig hinüberzusehen.

Felix gab sich Mühe, hob die Hand vors Gesicht und versuchte, vorsichtig zwischen seinen Fingern hindurchzulugen. Na ja, die gute Absicht zählt. Unauffällig war es jedenfalls nicht. Die zwielichtige Schöne musste es gemerkt haben; denn sie verließ den Raum.

Luka wollte es jetzt wissen: Konnte er die Zahlen vorhersehen oder nicht? Er ging zu dem Tisch zurück, an dem er vorhin gewonnen hatte. Diesmal versammelten sich seine Freunde um ihn. Keiner versuchte, ihn zurückzuhalten, obwohl es heißt, dass man aufhören soll, wenn man gewonnen hat.

Luka beobachtete das Spiel eine Weile. Dann begannen die Zahlen und Jetons vor seinen Augen zu verschwimmen und er glaubte, sich sicher zu sein: Als Nächstes würde die 24 kommen. Das Gefühl war das gleiche wie vorhin bei der Zwölf. So musste es sein!

Er setzte wieder 500 Euro. Einige seiner Freunde hängten sich an und taten es ihm gleich. Das Rad drehte sich.

Es kam die 13.

Luka war seine 500 Euro los. Traurig war er darüber nicht. Er hatte jetzt Gewissheit, dass er keine übersinnlichen Fähigkeiten besaß. Wie beruhigend!

Verglichen mit seinem vorherigen Gewinn fiel der Verlust überhaupt nicht ins Gewicht. Aber nicht alle am Tisch hatten seinen vorherigen Gewinn mitbekommen: Etliche waren erst später hinzugekommen und erlebten nun nur seinen Verlust mit. Mehrere von ihnen bedauerten den Verlierer – darunter auch eine kleine Mädchengruppe. Die Mädchen signalisierten ihm ihr Mitgefühl und Luka fragte sie, ob sie ihn nicht trösten wollten.

Sie wollten. Luka lud die Mädchen ein. Gemeinsam beendeten die Jungs und Mädchen den Kasinobesuch und gingen in eine Karaokebar. Jeder gab etwas zum Besten, die meisten mehr schlecht als recht. Luka bildete eine Ausnahme. Er sang „You Can Get It If You Really Want" von Jimmy Cliff.

Seine Darbietung überzeugte alle, nicht nur, weil er wirklich gut sang, sondern auch, weil er so offen und sympathisch herüberkam. Die Mädchen waren hin und weg, besonders eine kleine Dunkelhaarige. Sie hieß Vera.

Der von ihr Angehimmelte bemerkte das und zwinkerte ihr von Zeit zu Zeit verschwörerisch zu. Man amüsierte sich prächtig.

Nachdem Luka, der glückliche Roulette-Gewinner, die Rechnung gezahlt hatte, wie es sein musste, tauschte er noch mit Vera die Handynummern und man verabschiedete sich.

Mit Vera traf sich Luka später noch öfter, Roulette spielte er nicht mehr.

Auf zwei Hochzeiten

Manchmal überschneiden sich die Termine, ob man will oder nicht. So war es auch an jenem wunderschönen Tag im Mai, an dem Luka ein Problem hatte: Zwei Hochzeitsfeiern standen für denselben Abend an und Luka war zu beiden eingeladen – jeweils mit einer Begleitung.

Die beiden Brautpaare, Theo und Ines einerseits und Max und Nadine andererseits, kannten sich nicht. Sie gehörten zu zwei verschiedenen Enden von Luka's weitverzweigtem Freundeskreis. Hätten sie zum gleichen Ende gehört, hätten sie ihre Termine wohl miteinander abgestimmt.

Die Termine für die Trauungszeremonien waren disjunkt und stellten kein Problem dar. Das Problem lag bei den abendlichen Feiern.

„Man kann nicht auf zwei Hochzeiten gleichzeitig tanzen."

So sagt man, aber Luka wollte sich nicht geschlagen geben. Warum sollte es nicht gehen? Beide Feste wurden in derselben Stadt ausgerichtet, gar nicht so weit voneinander entfernt. Er mochte beide Brautpaare gleich gern und wollte sich nicht zwischen ihnen entscheiden.

Da es sich um zwei Gruppen von Leuten handelte, die er zwar beide kannte, die sich aber gegenseitig nicht kannten, sollte es doch möglich sein, mit einem Mädchen aus der einen Gruppe zu der einen Hochzeit zu gehen und mit einem anderen Mädchen aus der anderen Gruppe zu der anderen Hochzeit.

So hatte er bereits vor einiger Zeit entschieden. Die beiden Mädchen, die er sich aussuchte, waren Sonja und Saskia. Sonja gehörte zum Freundeskreis von Theo und Ines, Saskia zu dem von Max und Nadine.

Als der Abend kam, holte er zuerst Sonja ab und fuhr mit ihr zur Feier von Theo und Ines, die um 19 Uhr begann. Obwohl er sonst nicht unbedingt pünktlich auf solchen Feiern erschien, war ihm diesmal daran gelegen, auf die Minute rechtzeitig zu an Ort und Stelle zu sein, weil die andere Feier um 20 Uhr begann und er ja da auch noch hinwollte.

Er gratulierte also Theo und Ines und tanzte mit Sonja. Dann bedienten sie sich am Buffet und setzten sich an die Tafel. Luka kannte einige Leute hier und bald hatte sich eine kleine Clique um ihn und Sonja gesammelt.

Als alle miteinander im Gespräch waren, entschuldigte sich Luka für einen Augenblick und verschwand.

Er sauste zu Saskia und fuhr mit ihr zu Max und Nadine. Hier verfuhr er genauso wie vorher mit Sonja und, als alles lief, verschwand er unauffällig und beeilte sich, wieder zu Sonja zu kommen.

„Wo bist du denn so lange gewesen?", wollte die wissen.

„Ich musste noch ein paar Vorbereitungen für die Entführung der Braut treffen", flunkerte Luka. „Ich werde auch nachher nochmal wegmüssen."

So tauchte er nach einer Weile wieder ab, und bei Saskia wieder auf. Hier erzählte er dieselbe Geschichte wie bei Sonja und bereitete das Mädchen auf noch kommende Phasen der Abwesenheit vor.

So ging es eine ganze Weile hin und her. Von einem entspannten Abend konnte bei Luka nicht die Rede sein.

In den frühen Morgenstunden zerstreuten sich bei Theo und Ines allmählich die Gäste und Luka brachte Sonja nach Hause.

Eigentlich wollte er gleich wieder los zu Saskia, aber Sonja zog ihn energisch ins Haus und begann, ihn zu liebkosen. Da konnte Luka nun auch nicht nein sagen. Es wurde eine schöne Liebesnacht, allerdings nicht eine ganze; denn sobald Sonja eingeschlafen war, machte sich Luka wieder auf den Weg.

Saskia war schon auf der Suche nach ihm, da auch bei Max und Nadine die meisten Gäste bereits gegangen waren.

Luka hatte Glück. Die Braut war tatsächlich von einigen Freunden des Bräutigams entführt worden und dieser hatte eine ganze Weile gebraucht, sie zu finden, hatte dann in der Gaststätte, wo sie auf ihn gewartet hatten, nicht nur die Rechnung bezahlt, sondern auch noch Champagner geordert, der dann gemeinsam getrunken wurde. So kam er gerade gleichzeitig mit Luka zurück, was dessen Geschichte glaubwürdig machte.

Luka holte sich vom Buffet ein paar Austern und drei Stangen Spargel, um sich mit deren aphrodisierender Wirkung für das zu stärken, was noch kommen würde.

Dann brachte er Saskia nach Hause und verbrachte die restliche Nacht mit ihr. Er blieb bei ihr und schlief lange aus. Es war eine anstrengende Nacht gewesen.

Lena

Luka konnte sie alle haben. Wirklich alle? Nein, nicht ganz. Es gab eine, die gegen seinen Charme immun war.

Lena war das schönste Mädchen der Schule. Sie hatte sich nicht zur Wahl der Ballkönigin gestellt, sonst hätte sie wahrscheinlich gewonnen. Den ganzen Rummel mochte sie nicht. Sie hielt auch nichts von Blendern. Nun war Luka kein reiner Blender. So viele Mädchen konnten doch nicht irren! Dennoch konnte Luka Lena auf seine Weise nicht gewinnen. Das hatte er gleich im ersten Augenblick erkannt. Diese Gabe, andere Menschen richtig einzuschätzen, besaß er und nutzte sie. Selten engagierte er sich in hoffnungslosen Fällen.

Luka hatte Lena bei einer gemeinsamen Hausaufgabe näher kennengelernt. Sie beide waren die Einzigen, die sich für das schwierige Thema gemeldet hatten. Lena war nicht nur schön, sie war auch klug. Sie galt als eine der besten Schülerinnen ihrer Schule. Das erklärt ihr Interesse an dieser Aufgabe.

Und Luka? Wie kam er zu dem Thema? Luka liebte schwierige Themen. Durch sie fühlte er sich gefordert, was in der Schule selten vorkam. Tatsächlich meisterte er den gewöhnlichen Schulstoff mit derartiger Leichtigkeit, dass ihm oft langweilig wurde. Das ließ ihn jedoch nie überheblich werden. Er fügte sich ein und machte mit, wobei er allerdings ein wenig zum Entertainment neigte. Nicht dass er den Clown spielte, aber die eine oder andere lustige Bemerkung ließ er schon los. Auf keinen Fall war er ein Musterschüler.

Im Gegenteil, er scheute sich nicht, den Lehrern Streiche zu spielen und dazu zu stehen.

So hatte er einmal die Sitzfläche des Lehrerstuhls vor der Physikstunde mit Wasser befeuchtet, so dass der Physiklehrer eine nasse Hose bekam, als er sich hinsetzte. Als dieser mit einer Kollektivstrafe drohte, meldete sich Luka und gestand seine Schuld. Er bekam eine saftige Strafarbeit aufgebrummt, die sich aber im Verlauf als äußerst interessant erwies. Es ging um Kosmologie und Luka entdeckte seine Begeisterung für dieses Thema. Der Lehrer hatte es als guter Pädagoge verstanden, Luka's überschüssige Energie auf etwas Sinnvolles zu lenken.

Zurück zur Hausaufgabe von Luka und Lena: Es handelte sich um eine Diskussion der Kategorientafeln in Kants „Kritik der reinen Vernunft". Sie verbissen sich gemeinsam in den Stoff und arbeiteten gut zusammen. Am Schluss trugen sie die Arbeit in abwechselndem Vortrag dem Kurs vor. Sie bekamen darauf die Bestnote und ein Lob der Lehrerin.

Zu Lena fühlte Luka sich hingezogen und sprach gern mit ihr, beachtete jedoch stets die Grenzen. Nie wurde er ihr gegenüber anzüglich. Lena ihrerseits ging auf eine unerotische Freundschaft mit Luka gern ein. Ihr war Luka, auch wenn er ein

Aufreißer war, durchaus sympathisch. Sie mochte ihn als Menschen, sah hinter seiner Fassade einen freundlichen Charakter und erkannte seine wirklichen Qualitäten. Stundenlang konnten die beiden zusammensitzen und über den Sinn des Lebens philosophieren. Sie sprachen auch über Politik, Kunst, Literatur und Wissenschaften. Im Lauf der Zeit fanden sie immer mehr gemeinsame Interessen.

Luka hätte wohl heimlich mehr gewollt. Er vermutete, dass eine erotische Partnerschaft mit Lena womöglich tatsächlich möglich gewesen wäre, allerdings dann auf Ausschließlichkeitsbasis, wozu er sich nicht hätte durchringen können. Und unaufrichtig wollte er Lena gegenüber auf keinen Fall sein. So akzeptierte er ihre Haltung und bedrängte sie nicht. Miteinander zu sprechen, machte beiden Freude und verpflichtete sie zu nichts. So entwickelte sich zwischen den beiden so etwas wie eine echte Freundschaft auf rein menschlicher Ebene, eine Beziehung, mit der sie beide zufrieden waren.

Beide standen sie zu ihrer Sympathie füreinander und das verschaffte wiederum Lena eine gewisse Unantastbarkeit bei den anderen Jungs, die einen unausgesprochenen Anspruch von Luka's Seite zu erkennen glaubten und ihn zu sehr respektierten, als dass sie in seinem Revier gewildert hätten.

Lena indes wäre jederzeit frei gewesen, eine andere Beziehung einzugehen, wenn sie gewollt hätte. Wollte sie aber nicht.

Wohltätigkeit

Luka wollte der Welt etwas zurückgeben von all dem Guten, das ihm zuteil geworden war. So engagierte er sich bei einer wohltätigen Organisation, die Waisenkindern ein neues Zuhause geben wollte. Diese Leute bauten Heime, in denen die Kinder betreut und versorgt wurden. Dafür suchten sie immer wieder ehrenamtliche Betreuer und Luka übernahm gern solche Dienste, so oft er konnte.

Auch Lena, der er davon erzählte, wollte mitmachen. Sie erreichten, dass sie gemeinsam eine Gruppe betreuen konnten. Bald fühlten sie sich wie Eltern von zehn Kindern.

Da sie beide noch zur Schule gingen, übernahmen sie nur Nachmittagsschichten. Das bedeutete, dass sie die Kinder hauptsächlich beim Spielen beaufsichtigten. Gelegentlich spielte sie auch selbst mit. Luka und Lena brachten immer gute Laune mit und das strahlte auf die Kinder aus.

Nach dem Spielen wurde gewöhnlich das Abendessen zubereitet und der Tisch gedeckt. Die Kinder halfen tüchtig mit und waren gut gelaunt. Es gab mächtig Rambazamba und alle hatten Spaß. Zum Schluss wurde gemeinsam abgewaschen.

Die Kinder mochten sie und sie mochten die Kinder.

Es war wie so oft im Leben: Wer viel gibt, bekommt viel zurück. Das Glück der Kinder färbte auf sie ab. Sie fühlten sich wohl und harmonierten fantastisch miteinander.

Abenteuerlustig, wie Luka und Lena nun einmal waren, übernahmen sie auch einen Auslandseinsatz bei einer Flüchtlingshilfsorganisation. Sie flogen nach Afrika, um in einem Flüchtlingslager bei der Versorgung zu helfen. Dort trafen sie auf andere junge Leute aus aller Welt, die ebenfalls dort mithelfen wollten. Alle waren sie mit Enthusiasmus bei der Sache und brachten sich voll ein. Das Klima war heiß und machte die Arbeit nicht leichter. Aber wenn sie das Elend der Flüchtlinge sahen, wussten sie, dass ihre Arbeit wichtig war und legten sich umso mehr ins Zeug.

Sie taten den Leuten Gutes und ernteten Dankbarkeit – zumindest von den Flüchtlingen. Aber es gab in dieser Gegend auch viele Rebellengruppen, die die Helfer nicht gern sahen. Alle waren sie miteinander verfeindet und jeder kämpfte gegen jeden.

Eine dieser Gruppen kam auf die Idee, ein paar Helfer zu entführen, um Lösegeld zu erpressen. Luka und Lena waren unter den Gefangenen. Sie wurden in die Wüste verschleppt. Es war eine Tortur: die Hitze, die Fesseln, die mangende Hygiene – kaum auszuhalten, aber die Gefangenen machten sich gegenseitig Mut. Sie entwickelten sich zu einem verschworenen kleinen Haufen. Die Situation schweißte sie zusammen.

Glücklicherweise wurden sie bald ausgelöst und kehrten ins Flüchtlingslager zurück. Sie feierten ihre Rettung und nach der Feier zog sich Luka mit Anni zurück. Anni war eine der Mitgefangenen, eine junge

Deutsche, die dort ihr freiwilliges soziales Jahr ableistete. Zwischen ihr und Luka hatte es gefunkt und sie hatten schon eine Weile miteinander geflirtet. Lena störte das nicht. Zwischen ihr und Luka gab es nur freundschaftliche Gefühle.

Nach diesem Zwischenfall kehrten die jungen Leute schnellstmöglich in ihre Heimat zurück. Luka und Anni tauschten ihre Adressen aus.

Das Schicksal schlägt zu

Luka schien vom Schicksal verwöhnt zu sein.

Plautus sagt dazu:

„Quem di diligunt, adolescens moritur."

„Wen die Götter lieben, stirbt jung."

So war es bei Luka nicht, obwohl er es sich später in schwachen Momenten fast gewünscht hätte. Die Götter schienen ihn zu lieben, aber in dieser Zeit ungezählter Erfolge starb er nicht. Für ihn hatte das Schicksal anderes vorgesehen.

Was geschah, kann auch nicht als eine Strafe für seinen Übermut angesehen werden. Sicher war er übermütig, aber im freundlichen Sinn. Er hatte einfach eine positive Einstellung zum Leben. Seine vielen Erfolge hatte er immer mit seinen Freunden geteilt und war immer freundlich zu allen. Niemand missgönnte ihm etwas.

Nein, verdient hatte er nicht, was kam.

Es war einfach ein grausames Schicksal.

Es konnte dazu nur kommen, weil er auch im Sport immer zu viel riskierte. Er war eben in allem ein Draufgänger, sei es, weil er den Nervenkitzel liebte, sei es, weil er die Bewunderung der anderen brauchte.

Dabei hatte der Tag des Springturniers so gut begonnen. Die Sonne schien, kein Wölkchen trübte den strahlend blauen Himmel. Luka's Freunde hatten sich bei ihm zum Sektfrühstück eingefunden. Er dachte sich nichts dabei, auch an diesem Tag Alkohol zu trinken. Gefahr hin, Gefahr her. Für ihn war das ganze Leben ein Spaß und er hielt nichts von Bedenken.

Mit seinem Pferd, das zur Spitzenklasse gehörte, nahm er an zahlreichen Wettbewerben teil – nicht ohne seine Klassenkameraden als Zuschauer einzuladen. Sie kamen gerne und feierten ausgiebig mit ihm seine Siege.

So hatten sie es auch für diesen Tag geplant. Gut gelaunt fuhr man gemeinsam zum Parcours.

Zunächst ging alles seinen normalen Gang. Dann wurde Luka mit seinem Pferd aufgerufen und legte los.

Der Unfall ereignete sich am Ende seines Laufs. Luca lag gut in der Wertung und wollte das Beste herausholen. Er war viel zu schnell unterwegs und das Hindernis, ein Oxer, sehr hoch. Das Pferd verweigerte plötzlich den Sprung, versuchte erst, seitwärts auszubrechen, was Luka noch zu verhindern suchte. Es gelang jedoch nur ansatzweise. Das Pferd behielt den Querschwung bei und blieb dann abrupt stehen. Luka hatte keine Chance und flog nach vorne kopfüber gegen den seitlichen Ständer.

Der Aufprall war gewaltig. Instinktiv hatte Luka das Kinn auf die Brust genommen, den Nacken krumm gemacht. So blieb sein Kopf im Wesentlichen verschont. Ein leichtes Schädel-Hirn-Träume mit einer vorübergehenden Ohnmacht – das war in dieser Situation noch günstig.

Das eigentlich Dramatische war jedoch: Seine Wirbelsäule war gebrochen. Würde er querschnittsgelähmt bleiben?

Es folgten Tage der Ungewissheit und des Bangens. Dann die erschütternde Diagnose: Die Schäden an der Wirbelsäule waren irreparabel. Luka würde nie wieder gehen können. Nicht einmal seine Arme konnte er bewegen.

Was für eine Tragödie für den lebenslustigen jungen Mann!

Diese Katastrophe konnten Luka und sein Umfeld zunächst überhaupt nicht fassen. So schlimm konnte es doch gar nicht sein! Es war schließlich nur ein Sportunfall, wie er sich immer wieder ereignete. Sie wollten die Fakten nicht wahrhaben. Wie oft schon hatte Luka sich verletzt und war im Handumdrehen wieder auf die Beine gekommen! Sein sonniges Gemüt konnte gar nicht anders, als auch diesmal zuversichtlich gestimmt zu sein.

Nur langsam wurde ihm bewusst, dass es diesmal anders war, dass er sein bisheriges Leben nicht würde weiterleben können.

Als ihm das klar wurde, haderte er mit sich selbst. War er zu leichtsinnig gewesen? Wut packte ihn, nicht nur auf sich selbst, sondern auf die ganze Welt. Warum musste ausgerechnet ihm das passieren? Er tobte, soweit er konnte: Hätte er sich bewegen können, hätte er das Krankenzimmer verwüstet. Seine Eltern und Freunde bekamen seine Ausbrüche ab und nahmen sie geduldig hin. Sorgen machten sie sich trotzdem, zumal der Psychiater nichts tat, diese Ausbrüche zu stoppen, sondern nur meinte, das müsse jetzt raus. Die Eltern, die nicht tatenlos zusehen wollten, zogen einen katholischen Geistlichen hinzu.

Das schien zunächst nicht zu funktionieren, da Luka den Priester unverzüglich wieder hinausschickte.

Der Geistliche gab jedoch nicht auf und besuchte Luka noch öfter, was zur Folge hatte, dass Luka nunmehr seine Vorwürfe gegen Gott richtete. Als er aber an den Punkt gelangte, die Sinnlosigkeit dieser Vorwürfe zu erkennen, begann Luka, sein Schicksal als Strafe für seine bisherige Lebensführung zu sehen.

Dabei hatte er sich gar nicht so viel zuschulden kommen lassen, eine gewisse Gedankenlosigkeit vielleicht, aber doch keine schwerwiegenden Sünden. Sicher – gebetet im engeren Sinn hatte er eigentlich nie. Sollte das ein Problem sein? Hatte er Gott zu wenig für sein Glück gedankt? Hatte er sich zu wenig für den Sinn des Lebens interessiert? Jedenfalls suchte er plötzlich nach Fehlern, die er gemacht haben könnte und die Gott erzürnt haben könnten.

Konsequenterweise entschloss er sich, den Priester darum zu bitten, ihm die Beichte abzunehmen, obwohl er eigentlich keiner Kirchengemeinschaft angehörte. Der Priester erklärte ihm, dass er ihm durchaus die Beichte abnehmen könne, dass dies aber für einen Ungetauften kein Sakrament darstelle. Trotzdem könne er psychisch von der Sache profitieren und die Kraft eines Segens wäre ihm sicher, wenn er es ernst meinte.

Luka war einverstanden und es wurde ein langes Beichtgespräch. Luka's Hoffnung, durch aufrichtige Reue Gott zu einer Rücknahme dessen, was er, Luka, für eine Strafe hielt, zu bewegen, konnte der Priester allerdings nicht bestärken. Zwar gebe es immer wieder Wunder, aber eine Art Handel könne man mit Gott nicht schließen.

Nun verfiel Luka in eine depressive Phase. Er erkannte die Ausweglosigkeit seines Schicksals und wurde davon niedergeworfen. Aber er wäre nicht Luka, wenn er sich nicht wieder berappelt hätte. Er akzeptierte sein Schicksal und beschloss, das Beste daraus zu machen. Noch nie war er einem Konflikt aus dem Weg gegangen. Er nahm auch diesen Kampf auf.

Er lebte ja noch! Er würde nicht aufgeben!

Noch etwas war geschehen: Er hatte sich der Religiosität genähert. Die Macht Gottes hatte er am eigenen Leib gespürt – übermächtig, groß und geheimnisvoll. Folglich verspürte er Ehrfurcht und, ja, trotz allem auch Dankbarkeit – Dankbarkeit für sein bisheriges Leben, Dankbarkeit für das, was ihm geblieben war, und Dankbarkeit dafür, dass er dunkel einen Sinn seines Lebens erahnen durfte.

Über den Sinn des Lebens gibt es unendlich viele Theorien. Die verbreitetsten sind wohl die der Bibel. Mit der Bibel jedoch hatte Luka seine Probleme. Er konnte sie nicht wörtlich nehmen. Er hatte sich viel damit beschäftigt. Nicht nur glaubte er, Widersprüche in den Texten zu entdecken, er hatte auch das Gefühl, dass hier etwas erklärt werden sollte, was sich nicht erklären ließ. Waren die Menschen nicht viel zu klein, um die Geheimnisse dessen, was über das irdische Leben hinausging, zu verstehen? Wie soll ein Fisch das trockene Land verstehen?

Luka sagte sich, dass die Bibel nur ein Versuch war, den Menschen die für Menschen unverständlichen Wahrheiten nahezubringen. Darum die vielen Gleichnisse. Die Gleichnisse konnte Luka noch am ehesten akzeptieren. Auch schenkte er dem Versprechen Glauben, dass etwas uns Menschen Unvorstellbares existiert, das über das irdische Leben hinausgeht und diesem Leben einen Sinn gibt.

Aus diesem tiefen Vertrauen in den Sinn des Lebens – man könnte es auch Gottvertrauen nennen – schöpfte Luka neue Kraft.

Lange blieb er in der Klinik, bis sich sein Zustand stabilisierte. Dann wurden Vorkehrungen für sein zukünftiges Leben getroffen.

Das Leben geht weiter

Er durfte nun zu Hause bleiben, lag den ganzen Tag auf einer Liege und bediente die Apparate, die ihn am Leben hielten, mittels eines Sensors mit seinem Mund. Das fünfte Rückenmarkssegment war lädiert, so dass er Arme und Beine nicht mehr bewegen konnte. Die Lähmung betraf nicht alle inneren Organe und vor allem nicht die Lunge. Er benötigte keine künstliche Beatmung und konnte mit unterstützenden Maßnahmen überleben. Was ihm jedoch besonders viel bedeutete: dass er noch sprechen konnte!

Man kann nicht sagen, dass seine Freunde ihn nun im Stich ließen. Im Krankenhaus hatten sie ihn noch regelmäßig besucht. Als er jedoch nach Hause zurückkehrte und sein neues Leben mehr und mehr zur dauerhaften schmerzlichen Realität wurde, die auch seine Zukunft bestimmen würde, wurden ihre Besuche seltener. So unbeschwert wie früher konnten sie nicht mehr feiern. Die gemeinsame Basis des Unfug-Treibens war einfach nicht mehr vorhanden.

Immerhin veranstaltete Luka, als es ihm besser ging, zunächst noch Partys. Dazu ließ er sein Bett in den Salon bringen, wo er seine Freunde empfing. Auch die anderen Räume des Erdgeschosses waren den Gästen zugänglich. Er engagierte in solchen Fällen eine Jazzband, meistens Amateure aus der Umgebung, die für Live-Musik sorgten. Ab und zu konnte er auch Promis für die Unterhaltung gewinnen. Seine Freunde amüsierten sich mit ihm und sie feierten gemeinsam.

Bei allem guten Willen wurde jedoch die Ausgelassenheit der Gäste gebremst, wenn sie Luka in seinem Bett sahen. Dieser hätte alles dafür gegeben, das zu vermeiden, und doch wirkte er wie ein Memento mori auf seine Umgebung.

Er musste erkennen, dass diese Art von Vergnügungen nicht mehr zu ihm passte.

Daher ging er dazu über, kleine Diskussionsgruppen zu organisieren. Alle, die teilnahmen, kannten und schätzten sich. Die Gespräche waren lebhaft und geistreich. Diese Runden und die Besuche seiner Freunde machten sein Leben erträglich.

Fest an seiner Seite blieb sein Bruder Felix.

Auch Luka's Eltern kümmerten sich – mehr als jemals zuvor. Es ging ihnen jedoch hauptsächlich um die praktischen Dinge. Sie waren beide Problemlöser, keine Seelsorger.

Tina und Lucy, die er bei den Gluppies kennengelernt hatte, besuchten ihn ab und zu. Diese beiden waren ebenfalls von ihrem Olymp abgestürzt. Sie hatten die Gluppies verlassen und waren einfach nur noch zwei nette Mädchen, die ihre Freundschaft mit ihm nicht vergaßen.

Sein Freund Willi kam oft mit seiner Freundin vorbei. Sie erzählten aus ihrem Leben und ließen Luka daran teilhaben. Sie versuchten, locker zu sein und lachten sogar zusammen. So fröhlich wie früher waren sie trotzdem nicht.

Anni, die er in Afrika kennengelernt hatte, kam noch zweimal vorbei. Sie erzählte von ihren sozialen Engagements. Sie steckte immer mitten in furchtbar wichtigen Aktivitäten, zu denen die Beschäftigung mit ihm nicht gehörte. Sein Problem schien für sie nicht wirklich weltbewegend zu sein.

Es wurde ruhiger um Luka.

Ein Mensch aber blieb zuverlässig immer an seiner Seite: Lena. Sie war auch vorher schon die Einzige gewesen, mit der er wirklich ernsthafte Gespräche geführt hatte. Mit ihr konnte er nun seine Situation besprechen. Sie hörte ihm zu, äußerte ihre Meinung und gab ihm neuen Mut.

Luka war durch den Schicksalsschlag auf sich selbst zurückgeworfen worden. Alles, was sein Leben ausmachte, war ihm genommen worden. Was ihm blieb, war seine bloße Existenz. Kein Schein mehr, kein Blendwerk, nur noch die nackte

Wahrheit. Er verspürte erstmals seine Nichtigkeit, seine Ohnmacht als Mensch. Hatte er am Anfang manchmal gewünscht, beim Unfall gestorben zu sein, so fügte er sich jetzt seinem Schicksal. Es war ihm so bestimmt, eine höhere Macht wollte es so. Ihm wurde die Gnade erwiesen, existieren zu dürfen. Er musste das akzeptieren und lernte das. Vor allem übte er sich jetzt in Demut.

Langsam begann Luka, sich mit seiner Situation zu arrangieren und seine Beziehung zu Lena vertiefte sich weiter.

Jetzt, da die Wahrhaftigkeit eine wichtige Rolle in seinem Leben spielte, war die Liebe kein Spiel mehr für ihn. Er entdeckte in seinem Inneren aufrichtige Gefühle für Lena. Sie erwiderte seine Gefühle zaghaft. Unter Luka's Oberfläche hatte sie einen Seelenverwandten entdeckt, ein den Menschen zugewandtes, gutes Herz.

Er jedoch zögerte, diese Gefühle zuzulassen. In seinem Zustand hätte er sich als Belastung für eine Liebende gefühlt. Zunächst versuchte er, seine Liebe zu verstecken. Vergebens! Es dauerte eine Weile, aber mit der Zeit wuchs das zarte Pflänzchen einer tiefen Liebe zwischen den beiden. Körperlich konnten sie sich nicht viel geben, aber seelisch wurden sie ein Paar.

In einem letzten Aufbäumen versuchte Luka, an ihre Vernunft zu appellieren:

„Du solltest dich nicht an mich binden, Lena. Wir haben doch keine Zukunft."

Sie sah ihm tief in die Augen und sagte mit fester Stimme:

„Ich liebe dich. Das bindet mich, nicht mein Verstand. Ob wir eine Zukunft haben, werden wir sehen. Es ist an uns, sie zu gestalten. Wir müssen daran glauben. Dann werden wir es auch schaffen."

Luka flüsterte:

„Ich liebe dich auch. Und das ist der Grund, warum ich dir ein sorgenfreies Leben wünsche, das du mit mir nicht hättest."

Darauf Lena:

„Sorgen sind nicht so schlimm. Es geht doch darum, jemanden zu haben, um den man sich sorgen kann. Dann kommt auch die Zuversicht."

Und Luka gab nach:

„Wenn du mir so viel Mut machst, fange ich tatsächlich an zu glauben, dass wir es schaffen könnten. Du bist ein Geschenk des Himmels. Lass uns miteinander glücklich sein!"

So sollte es sein.

Irgendwann heirateten sie. Es wurde ein Haustermin im allerkleinsten Kreis.

Als Ehepaar genossen sie ihre Zweisamkeit.

Immer wieder sprachen sie lange über ihre Situation und machten Pläne. Dann sagten sie sich Zärtlichkeiten und küssten sich. Noch mehr aber genossen sie es, wenn sie nur ruhig neben seinem Bett saß und ihn streichelte. Er lächelte dann und vergaß völlig sein Schicksal. So glücklich war er in diesen Momenten, dass er sich nichts anderes mehr wünschte. Und auch Lena genoss diese Augenblicke.

Lena versuchte, Luka einen Teil der äußeren Welt mit nach Hause zu bringen. Wo sie sich auch aufhielt, überall nahm sie kleine Videoclips auf, die sie Luka dann vorspielte. Dazu erzählte sie von all ihren Begegnungen. Beide amüsierten sich und lachten viel. Es gelang ihnen, einen fröhlichen Alltag zu erleben.

Die Vaterrolle

Es dauerte nicht lange, bis sie sich Kinder wünschten. Das war keine Selbstverständlichkeit in ihrer Situation. Obwohl technisch möglich, stellten sich viele Probleme. Würden sie die Erziehung trotz Luka's Behinderung bewältigen? Sie hatten vielfältige Unterstützung, sicher, aber würde Luka die Vaterrolle ausfüllen können? Er fühlte sich der Aufgabe gewachsen – sein Selbstvertrauen war ihm erhalten geblieben. Sie beschlossen, es zu wagen.

Luka ließ sich Samen entnehmen und Lena sich damit befruchten. Der Vorgang gestaltete sich nicht gerade romantisch, und doch entstand ein Kind der Liebe daraus. Da Luka einer reichen Familie entstammte, brauchte das Paar sich keine finanziellen Sorgen zu machen. Das Kind, ein Junge, entwickelte sich prächtig, so gut, dass die Eltern nach zwei Jahren beschlossen, es noch einmal zu versuchen. Wieder klappte es und wieder wurde es ein Junge. Die stolzen Eltern waren überglücklich.

Luka konnte zwar nicht mit den Kindern herumtollen wie andere Eltern, konnte aber Computerspiele mit ihnen spielen und sprach viel mit ihnen. Sie respektierten, ja liebten ihren Papa. Es fehlte ihnen an nichts.

Bald lernten die Kinder, ihm zu folgen. Bis es so weit war, hatte er öfter mal die Psychologie zu Hilfe genommen. Wenn er sie an sein Bett rufen wollte, rief er nicht etwa: „Kommt bitte mal her!", was nicht so schnell befolgt worden wäre, sondern: „Kommt jetzt auf keinen Fall her!", was viel wirksamer war – er konnte sicher sein, dass sie sofort zur Stelle waren.

Der Alltag ließ sich im Lauf der Zeit immer besser bewältigen. Natürlich stellte die Pflege ein Problem dar. Luka musste rund um die Uhr betreut werden. Lena tat viel, konnte die Aufgabe aber nicht allein bewältigen. Sie engagierten mehrere Pflegekräfte, die im Schichtbetrieb arbeiteten. Da man gute Arbeit nur für guten Lohn erwarten kann, zahlte Luka das Doppelte des üblichen Tarifs. Dafür bekam er allerdings auch Spitzenkräfte. Hinzu kam die Überwachung durch Top-Ärzte, Spezialisten auf dem Gebiet. Körperlich war Luka in den besten Händen.

Was das Seelische betrifft, so gab es auch da Spezialisten, die ihm halfen. Den Ausschlag in dieser Hinsicht gab jedoch seine positive Einstellung, in der Lena ihn bestärkte, kombiniert mit seinem eisernen Willen durchzuhalten.

In der Anfangszeit nach seinem Unfall hatte Luka seine Zeit damit verbracht, ums Überleben zu kämpfen. Selbst die einfachsten Verrichtungen waren zur Herausforderung geworden. Fast täglich hatte er Arzttermine gehabt mit den vielfältigsten Abwägungen der Möglichkeiten.

Inzwischen jedoch hatte sich eine gewisse Routine eingestellt. Luka konnte nun mehr Zeit erübrigen und hatte, da er sich langfristig nützlich machen wollte, damit angefangen, sich am Computer umfängliches Wissen anzueignen. Er hatte seine unterbrochene Schulausbildung vervollständigt und das Abitur nachgeholt. Die Universität ermöglichte ihm, von zu Hause aus Physik zu studieren, und er promovierte summa cum laude. Sein großes Vorbild war Stephen Hawking, der trotz seiner Behinderung Weltbewegendes geleistet hatte. Als sein Spezialgebiet wählte Luka die Kosmologie und leistete bald wichtige Beiträge zu dieser Wissenschaft.

Jetzt fehlte ihm nur noch der Nervenkitzel, den er früher immer so genossen hatte. Auch hier fand sich eine Lösung: Er engagierte sich in Warentermingeschäften am Computer. Darauf zu spekulieren, dass ein Markt aus Contango in Backwardation drehen würde, und rechtzeitig darauf zu setzen, konnte schon aufregend sein, vor allem, wenn die gesetzten Beträge erheblich waren, und das waren sie bei ihm.

Nicht immer gewann er, aber öfter, als er verlor. Er war reich genug und hätte die

Gewinne nicht gebraucht. Trotzdem gab ihm die Tatsache, dass er selbst noch Werte schaffen konnte, ein Gefühl der Zufriedenheit mit sich selbst. Schließlich war es kein sinnloses Online-Roulette. Er dachte sich etwas dabei, führte Fundamental- und Chartanalyse durch und wägte sogfältig ab. So hatte er tatsächlich das Gefühl, in gewisser Weise etwas zu leisten. Und war es nicht so? Ein Markt funktioniert doch umso besser, je mehr Teilnehmer sich in ihm tummeln, und er war einer dieser Teilnehmer.

Ein neues Hobby entdeckte Luka für sich: seine Freunde und Freundinnen miteinander zu verkuppeln. Eine gute Menschenkenntnis und ein Gespür in Herzensdingen hatte er schon immer besessen. Nun wandte er diese Fähigkeiten nicht mehr zu seinem Vorteil an, sondern für das Glück der anderen. Durch seine Erfolge fühlte er sich belohnt.

Gelegenheiten hatte er genügend. Er erzählte einem Freund von einer Freundin und umgekehrt, brachte die beiden dann in einer Gesprächsrunde zusammen und ermutigte sie weiter unter vier Augen. Meistens klappte es, einfach weil er die potentiellen Paare sogfältig auswählte. Sogar die von ihm seinerzeit „gerettete" Jessica brachte er mit ihrem „Belästiger" Boris zusammen.

So vergingen die Jahre. Luka's Liebe zu Lena wurde immer stärker und er ließ sie es spüren, so gut er konnte. Gern kuschelten sie miteinander. Lena nahm dann Luka's Arm und legte ihn über ihre Schulter. Sie selbst umarmte ihrerseits Luka. So konnten sie sich in den Armen liegen und gegenseitig ihre Körperwärme spüren. Viele Stunden verbrachten sie so in Zweisamkeit.

Viele gemeinsame Aktivitäten hatten sie entdeckt. Unter anderem hatten sie angefangen zu musizieren. Luka sang – eins seiner vielen Talente, das ihm geblieben war – und Lena begleitete ihn auf der Gitarre. Es war Luka ein Anliegen, seine Dankbarkeit und Liebe zu Lena in einem Song zu verewigen. Er verfasste diesen

Song auf Englisch, weil er wollte, dass die Menschen auf der ganzen Welt ihn verstehen sollten. Luka betitelte ihn „An Angel's Sphere" und er ging so:

All the flowers in the light,
Colored blue and red and white,
Praising you, my darling, dear;
Stay with me, forever near.

Every second holding you
Makes me feel our love is true.
Darling, you're my happiness,
You're my angel, you're my bliss

Love, my love, be mine,
Venus, you're divine.
Girl, my girl, forever,

Never leave me, never!
Angel, you are here,
It's an angel's sphere.

What a life for you and me –
Stars are shining and I see:
All the world is good awhile,
Healed by your enchanting smile.

Now my life is full, complete –
You, it's you – you're all I need.
Ever since you've been my wife
I have nothing missed in life.

Love, my love, be mine,
Venus, you're divine.
Girl, my girl, forever,
Never leave me, never!
Angel, you are here,

It's an angel's sphere.

...

Nothing's anymore in vain,
Life is beautiful again.
Therefore, I have no complaints,
Thanking heaven and the saints.

Love, my love, be mine,
Venus, you're divine.
Girl, my girl, forever,
Never leave me, never!
Angel, you are here,
It's an angel's sphere.
…Oh…
Angel, you are here,
It's an angel's sphere …

Auf Deutsch heißt das ungefähr:

Die Sphäre eines Engels

Alle Blumen im Licht,
Gefärbt blau und rot und weiß,
Preisen dich, mein Liebling, Liebes;
Bleib bei mir, für immer nahe.

Jede Sekunde, die ich dich halte,
lässt mich fühlen: Unsere Liebe ist wahr.
Liebling, du bist mein Glück,
Du bist mein Engel, bist meine Wonne.

Liebe, meine Liebe, sei mein,
Venus, du bist göttlich.
Mädchen, mein Mädchen für immer,

Verlass mich nie, niemals.

Engel, du bist hier,

Dies ist die Sphäre eines Engels.

Was für ein Leben für dich und mich!

Die Sterne scheinen und ich sehe:

Für eine Weile ist die ganze Welt gut,

geheilt durch dein reizendes Lächeln.

Jetzt ist mein Leben erfüllt, vollständig.

Du, du bist es – du bist alles, was ich
brauche.

Seit du meine Frau bist,

vermisse ich nichts im Leben.

Liebe, meine Liebe, sei mein,

Venus, du bist göttlich.

Mädchen, mein Mädchen für immer,

Verlass mich nie, niemals.

Engel, du bist hier,

Dies ist die Sphäre eines Engels.

Nichts ist mehr vergeblich,
das Leben ist wieder schön.
Daher habe ich keine Klagen,
danke dem Himmel und den Heiligen.

Liebe, meine Liebe, sei mein,
Venus, du bist göttlich.
Mädchen, mein Mädchen für immer,
Verlass mich nie, niemals.
Engel, du bist hier,
Dies ist die Sphäre eines Engels.
…Oh…
Engel, du bist hier,
Dies ist die Sphäre eines Engels …

Lena gefiel der Song und sie sangen ihn oft gemeinsam, sei es zu zweit oder vor ihren Freunden. Auch auf den sozialen Plattformen im Netz teilten sie ihn und schnell ging er viral. Luka und Lena freuten sich über die erhaltene Aufmerksamkeit und machten weiter Musik.

Die Söhne des ehemaligen Aufreißers wuchsen gesund heran. Aufreißer wurden sie nicht, obwohl ihr Vater ihnen da einige Tipps hätte geben können. Die brauchten sie nicht. Sie fanden beide liebende Frauen und blieben ihnen treu. Die frühere Lebensweise ihres Vaters kannten sie ja nicht. Das war vielleicht gut so. Sie orientierten sich an ihrem Vater in dem Zustand, in dem sie ihn kennengelernt hatten, als einen fürsorglichen Vater und treuen Ehemann.

Sie interessierten sich für Physik und studierten dieses Fach später. Luka hätte sie gern dabei beraten, aber sie gingen ihren eigenen Weg. So ist es doch immer mit Kindern: Auch sie wollen als eigene Persönlichkeiten dastehen. Dazu müssen sie sich vom Elternhaus lösen. Diese Lösung betrifft natürlich nur die Abhängigkeit. Die Liebe bleibt das ganze Leben lang.

Luka's Kinder kümmerten sich zusammen mit Lena bis zu seinem Tod um ihn. Er hatte einen angenehmen Tod, schlief eines Abends ein und wachte nicht mehr auf. Ein Herzversagen, das er nicht mitbekam. Seit seinem Unfall hatte er all die Zeit immer mit seinem Tod rechnen müssen. Er war nicht unvorbereitet und hatte keine Angst davor, da er glaubte, dass das Leben ihm genug gegeben hätte. Er sah seinem Ende gelassen entgegen.

In seinem Testament hatte er niederge-schrieben, dass er dankbar sei, ein so glück-liches Leben habe führen zu dürfen.

Wenn Gott eine Tür schließt, öffnet er ein Fenster. Luka hatte Glück im Unglück gehabt. Hätte er nicht diesen schrecklichen Schicksalsschlag erlitten, hätte er womög-lich in seinem vorherigen Leben verharrt, hätte nie die wahre Liebe entdeckt, sich nie gebunden, nie eine Familie gegründet. Ironie des Schicksals: Ohne seinen tragischen Unfall hätte Luka sein großes Glück vielleicht nie gefunden.

Zeitfracht Medien GmbH
Ferdinand-Jühlke-Straße 7
99095 Erfurt, Deutschland
produktsicherheit@kolibri360.de